던전사냥꾼
Dungeon Hunter

던전사냥꾼 10
Dungeon Hunter

온후 현대 판타지 장편소설

초판 1쇄 찍은 날 | 2016년 11월 25일
초판 1쇄 펴낸 날 | 2016년 12월 2일

지은이 | 온후
펴낸이 | 예경원

기획 | 위시북스
편집책임 | 박우진
편집 | 이즈플러스

펴낸곳 | 예원북스
등록번호 | 제396-2012-000132호
등록일자 | 2012. 7. 25
KFN | 제1-045호

주소 | 경기도 고양시 일산동구 호수로 646-24 위너스21 II 빌딩 206A호 (우)10401
전화 | 031-819-9431 팩스 | 031-817-9432
E-mail | yewonbooks@naver.com

ⓒ온후, 2016

ISBN 979-11-5845-362-6 04810
     979-11-5845-629-0 (set)

온후 현대 판타지 장편 소설

WISHBOOKS MODERN FANTASY STORY

던전사냥꾼

Dungeon Hunter ⑩

완결

Wish
Books

던전사냥꾼
Dungeon Hunter

CONTENTS

Chapter 70

난전

Dungeon Hunter

악이 있다.

그렇다고 모두 같은 악은 아니다.

그중에도 강도의 차이가 있었다.

나는 악이다.

다만, 선택에 따라 차악 정도는 될 수 있었다.

서로가 마족의 멸족을 원하고 있다면 나 이상의 선택지는
없었다.

나는 지구에 미련이 없었고 대공들을 이기고 마계에 돌아
가 왕의 좌에 앉는 게 꿈이었다. 그곳에서 크게 웃어젖히며
모든 이를 오시하는 것이 진정한 목적이다. 그 목적에 비하
면 지구 따윈 별로 정복하고픈 마음도 안 드는 장소다. 72의

신들과 계약한 내용도 있었다.

하여 안심해도 좋다. 내가 승자가 되었을 때 지구는 무사할 것이다.

유은혜는 고민하고 있었다.

그러나 이미 결론은 내려졌다고 해도 과언이 아니다.

나 외에 더 좋은 선택지는 없는 탓이다. 다른 마족들은 손자체를 잡을 수 없었고 자력으로 돌파구를 찾기엔 이미 상황이 너무 좋지 않았다.

천족?

그들 역시 인간의 말 따위는 가볍게 씹어 먹으리라.

나는 느긋한 눈초리로 시선을 옮겼다.

수레에 담긴 희망.

거대한 철제 상자 속에 담겨 있었다.

이름과는 안 어울리는 외관이다.

심안을 열었다.

이름 - 희망(Legend)

설명 : 1회용 아이템. 전 인류의 희망이 담겨 있는 지보의 폭탄. 수많은 스킬과 코어, 자기희생 주문이 섞여 있다. 주의할 것. 거대한 폭발을 일으키며 닿는 모든 존재를 지운다. 자연 친화적. 부작용이 없다.

**체력, 힘, 지능의 합이 250 이하일 시 100% 확률로 소멸.

**체력, 힘, 지능의 합이 250 이상, 260 이하일 시 80% 확률로
소멸.

**체력, 힘, 지능의 합이 260 이상, 270 이하일 시 60% 확률로
소멸.

**체력, 힘, 지능의 합이 270 이상, 280 이하일 시 40% 확률로
소멸.

**체력, 힘, 지능의 합이 280 이상, 290 이하일 시 20% 확률로
소멸.

**체력, 힘, 지능의 합이 290 이상일 시 알 수 없음.

체력과 힘, 지능은 모두 방어적인 능력치다. 힘은 약간
경우가 다르지만 대략 10에 체력 1 정도의 효율을 가지고
있었다.

난 이미 저 세 가지 능력치의 합이 290을 넘겼다. 알 수 없
지만 소멸하진 않을 터. 대공들도 큰 타격을 받지는 않을 듯
했다.

'인간들이 용케 이런 걸 만들었군.'

나도 제법 놀랄 수밖에 없었다. 레전드 등급이라니. 인간
의 절박함이 만들어낸 결과물은 상당히 훌륭했다. 자기희생
주문이란, 말 그대로 자신을 희생시켜 사용하는 1회용 스킬

을 말함이다. 그런 게 여럿 섞였다면 낮은 등급이 나올 수도 없었다.

턱을 쓸었다. 상당히 강력한 무기가 될 듯싶었다. 아주 강한 존재들이나 초월자에겐 소용이 별로 없는 것 같지만 적의 세력을 줄이는 데 이만한 폭탄은 없었다.

이곳엔 수백만에 달하는 마수가 모여 있었고 대부분이 마족들의 주력이었다. 효과적인 장소에서 적절한 시간에 터뜨릴 수만 있다면 상당수를 줄일 수 있을 것이다.

"로제가 폭탄을 설치할 장소로 안내할 것이다. 설치를 끝내면 탈출하여 내 신호를 기다려라."

그리니치 천문대의 중심부에 설치하겠다는 발상은 좋지만 그다지 효과적이지 않다. 그보다 전장의 한가운데 투하하는 편이 훨씬 나았다.

나는 유은혜의 결정을 기다리지 않았다.

무슨 결정을 내릴지는 뻔했고, 설령 잘못되더라도 지금의 이야기를 쉽사리 전하진 못할 것이다.

'김용우, 일부러 입을 닫고 있었군.'

천명회의 길드 마스터. 녀석은 득과 실에 대한 머리 회전이 빠른 편이다. 내 정체를 얼추 알고 있을 것이면서 유은혜에게조차 입을 닫았다는 건 그만한 이유가 있어서다.

'큰 혼란을 만들고 싶지 않아서였겠지.'

데빌헌터 공격대의 위상이 떨어지고 한국은 혼란에 휩싸일 게 자명했다. 때문에 당사자들이 알아서 입을 닫는 형국이었다.

나는 천천히 등을 돌렸다.

어쨌든 이곳에 온 목적은 모두 이뤘다.

고급 수련의 방에서 얻은 조각과 희망, 그리고 유은혜와 에드워드의 성장 속도 모두 매우 만족스러웠다.

특히 유은혜와 에드워드의 성장은 굉장히 가파른 편이었다. 전생에서보다 두 배 이상 빨랐다. 이대로라면 머지않아 웬만한 마족도 둘을 꺼리게 될 것이다.

'이번 싸움에서 모든 걸 끝낼 순 없다.'

조금 더 길게 봐야 한다.

이 혼란을 이용해 처리할 수 있는 적은 처리하겠지만, 너무 무리하면 도리어 역풍을 맞는 법이었다.

'하나…….'

걸음을 올리며 차갑게 미소 지었다.

전황이 바뀌었다. 희망은 생각 이상으로 훌륭했다. 터뜨리는 데 성공만 한다면 아주 재밌는 장면을 연출할 수 있을 것이다.

수십만의 대군이 밀물처럼 몰려왔다. 일만이 되지 않는 아리엘 디아블로의 군세를 둘러싸며 조금씩 압박해 들어갔다. 하지만 생각처럼 빠르게 일이 진행되진 않았다.

번쩍!

은색의 기사들에게서 하얀빛이 새어 나오고 있었다. 빛은 은색의 기사들을 연결했다.

모일수록 강해지고 피해를 공유하는 스킬.

'거대한 산맥(Epic)'이다.

아주 단순하게 생각해도 은색의 기사가 100에 달했으니 그 전부를 처리할 충격을 줘야 없애는 게 가능하다는 의미다.

하지만 은색의 기사들은 개개인의 역량도 매우 뛰어났다. 능히 최상급의 마수와도 맞서 싸울 수준이었다. 우파가 모은 마수는 급의 차이가 현저했고 단지 숫자상의 절대적 우위만 있을 뿐이었다.

아리엘 디아블로의 휘하 마족들도 만만치 않았다.

그들은 신하로서 왕을 따르는 자들. 모두가 기사와 같았다. 평소에도 자신을 갈고 닦으며 수련을 게을리하지 않았다. 덕분에 일만이 채 안 되는 숫자로도 팽팽한 싸움을 이어 갈 수 있었다.

"빌어먹을 년, 이것도 막을 수 있나 보겠다."

우파는 화가 머리끝까지 차올라 있었다. 충분히 압도 가능하다고 여겼건만 좀처럼 승부가 나지 않았다. 주변에서 천족들도 훼방을 놓는 터라 싸움에 집중하기도 힘들었다.

"우파 블레넌, 말을 조심하지 않으면 주둥이가 찢길 것이다."

아리엘은 발록의 뼈로 만들어진 갑주와 무기를 착용했다.

발록은 최상급 5Lv에 달하는 마수 중의 마수라고 평가받던 괴물이다. 뼈에 깃든 자체적인 마력의 내성도 상상을 초월할 정도였다. 어지간한 스킬은 강제로 무효화하는 기능을 가졌다.

단순한 1:1의 대결이라면 아리엘 디아블로가 조금 더 앞서는 모양새를 보였다. 그리고 그것이 우파의 화를 돋우는 데 크게 일조했다.

우파가 손을 크게 벌렸다. 그의 품 안에서 검은 구가 무수히 생겨났다. 검은 구는 주변의 모든 것을 빨아 당기는 블랙홀이었다. 그것을 하나로 모아 거대하게 만들었다.

빨아 당기는 힘이 워낙 강해 블랙홀은 적아를 가리지 않았다. 하지만 우파는 아랑곳 않았다. 그보단 저 빌어먹을 년을 처리하는 게 먼저였다.

그것을 본 아리엘의 표정이 미묘하게 바뀌었다. 저 스킬이 얼마나 위험한지 본능적으로 알아차린 것이다. 정통으로 맞았다간 가루 하나 남기지 못하고 스러지리라.

"어비스 소드."

아리엘 디아블로의 전매특허 스킬!

그녀의 검에 곧 혼돈이 담겼다.

우파의 스킬은 위협적이지만 아리엘도 피할 생각은 없었다. 무력 대 무력으로서 놈을 무참히 찢어발길 작정이었다. 어비스 소드가 저따위 블랙홀에 비하지 못하리란 생각은 전혀 하지 않았다.

곧 허공에서 아리엘 디아블로와 우파가 충돌했다.

쿠우우우우우웅-!

판데모니엄은 눈살을 찌푸렸다.

상황이 묘했다. 천족들의 움직임이 이상했다.

'우리를 몰아넣고 있다.'

방주가 있는 쪽으로 천족들은 마수를 몰아넣는 중이었다. 처음에는 눈치채지 못했으나 시간이 지날수록 확실해졌다.

'난전을 바라는가?'

방주의 근처에선 아리엘 디아블로와 우파 블레넌이 절찬리 전쟁을 벌이는 중이었다. 판데모니엄은 둘의 싸움에 개입할 생각이 없었다. 알아서 싸워주면 그로선 좋을 따름이다. 생각보다 둘의 피해가 크다면 이 자리에서 둘을 없앨 계획도 없지는 않았다.

하지만 천족이 끼어듦으로써 계획이 틀어졌다.

방주 근처에서 모두가 각개전투를 벌이며 난전이 펼쳐지길 바라는 것도 같았다. 아니면 다른 의도가 있거나.

　스르륵.

　그때였다. 판데모니엄의 주변으로 수십의 그림자가 모여들었다.

　"임무는 실패했나?"

　스륵. 스르륵.

　그림자는 말을 하지 못했다. 대신 미묘한 움직임으로 대화를 전할 뿐이었다.

　'실패했군.'

　작게 혀를 찼다.

　이들은 판데모니엄이 직접 개조하고 만들어낸 그림자형 마수다.

　쉐도우 헌터.

　오로지 중요 마족, 마수의 암살을 위해서 창조해 냈다.

　삼천가량을 보냈는데 이만한 숫자만 돌아온 걸 보면 그만큼 격렬한 싸움이 있었다는 방증이었다.

　'지천사를 잡기엔 역부족이었나.'

　상위 위계, 그중에서도 두 번째에 달하는 지천사란 계급.

　마계에서도 한 번 경험해 본 적이 있다. 그 놀라운 힘을 말이다. 쉐도우 헌터 삼천 정도로 어찌해 보려는 게 이상할 정도였지만 그래도 시도는 해보았는데, 역시나 실패로 귀결되고 말았다.

스륵!

판데모니엄이 실망을 금치 못할 무렵, 제일 앞에 서 있던 쉐도우 헌터가 크게 요동쳤다.

"흠, 지천사를 사냥하는 건 실패했지만 좌천사를 잡았다?"

탁.

판데모니엄이 손뼉을 쳤다. 좌천사도 상위 위계의 천족이다. 지천사보다 한 단계 급이 낮지만 아무런 성과가 없는 것보단 훨씬 나았다.

'좌천사라면 오피니언을 말하는 거겠군.'

지구에 떨어진 천족, 그중 좌천사 오피니언이라면 판데모니엄도 만나 본 적이 있었다.

천족 중에서도 백전노장의 기색이 강하며 대군을 이끄는 데 수월한 능력을 가지고 있었다. 전장을 보는 눈도 훌륭해서 홀로 열 명의 사령관 몫을 해냈다.

놈을 죽였다.

말인즉, 오피니언만 한 사령관이 또 없다면 천족들의 체계에 금이 간다는 것이다.

'실패는 아니로군.'

절반의 성공이었다. 경우에 따라선 오히려 지천사를 암살하는 것보다 더 나은 결과를 낳을 수도 있었다.

이러면 얘기가 달라진다.

한 번쯤은 걸어볼 때였다.

"모든 마수에게 전하라. 방주로 이동한다. 난전이 얼마나 어려운 전투인지 천족에게 알려주도록 하지."

난전은 아무나 하는 것이 아니다.

머리를 잃은 적이 복잡한 상황 속에서 제대로 병졸을 다룰 수 있을까?

판데모니엄은 그런 경험이 많았다. 하여 자신이 있었다. 오피니언이 죽었다면 이 전투를 별 피해 없이 승리로 이끌 수도 있을 것이다.

그리고 그럴 수만 있다면 세가 약해진 우파와 아리엘을 사냥하는 것 역시도 불가능하진 않으리라.

암묵적으로 전투를 피하자 하고 모였지만 모든 건 상황에 따라 달라지는 법이었다.

마계에서의 일도 중요하지만 여기서 경쟁자를 제거하는 것도 그 못지않게 중요한 탓이다.

'랜달프 브뤼시엘. 놈만 조심하면 되겠군.'

판데모니엄은 긴장의 끈을 놓지 않았다.

스륵. 스르르륵.

그리고 판데모니엄의 움직임에 호응하듯 일만에 달하는

쉐도우 헌터가 바닥에서 모습을 드러냈다.

그리니치 천문대의 위에 올랐다. 보름달이 뜬 저녁. 전투는 몇 날 며칠이나 이어지고 있었다.

나는 천문대 안에 배치한 마수들을 불러 모았다.

숫자 자체는 얼마 되지 않았고 내가 보유한 마수들 중에서도 질이 좋은 편은 아니었지만 적당히 구색을 맞추기엔 괜찮은 조합이다.

샤벨 타이거 500과 오크류의 마수 500, 트롤과 오우거도 적당히 섞었다.

그리고 내가 여기에 추가한 게 바로 '도플갱어'다.

'겉모습을 베껴낼 뿐이지만 난전인 상황 속에서 깊게 신경 쓸 이는 없겠지.'

도플갱어는 상대의 모습으로 변하는 마수다. 중급의 마수로서 그다지 강한 축에 속하지는 못하지만 활용도는 나름 뛰어난 편이었다. 지금처럼 '사기'를 치려는 상황에선 더더욱 그 쓰임새가 빛을 발한다.

나는 데스나이트로 변신시킨 삼백의 도플갱어를 그리니치 천문대 지하에 숨겨놓고 있었다. 그 안에 삼십가량의 진짜 데스나이트도 섞어 넣자 그럴싸한 데스나이트 부대가 완성되었다.

'굳이 피해를 늘릴 필요는 없지.'

내가 보이려는 건 어디까지나 구색에 불과하다. 저들의 장단에 놀아주려는 것뿐이다. 아예 전장에 참여하지 않을 수는 없었고, 이런 식의 보여주기 용도로 나름의 영향권을 얻으려는 셈이었다.

"난전이라⋯⋯."

벌써 이틀째.

방주 주변에서 사파전이 진행되고 있었다.

아리엘, 우파, 판데모니엄, 그리고 천족이 벌이는 핏빛 향연!

저들이 이상함을 눈치채고 내게 시선을 돌리기 전에 의심의 눈초리를 거둬낼 필요가 있는 것이다.

희망을 터뜨리기엔 아직 시기상조였다.

'승자가 정해지는 순간. 모든 게 끝났다고 여겼을 그때, 최후로 웃는 자는 내가 될 것이다.'

심안을 통해서 아이템의 효과를 보기는 했지만 희망이 얼마나 강력할지는 미지수였다. 그러니 모험을 최소화하는 방향으로 움직이고자 했다.

기다림. 인내는 내가 잘하는 것이었다.

'재밌겠군.'

몸을 돌렸다. 오스웬이 선두에서 모든 준비를 마무리한 상황이었다.

"황제 폐하, 명만 내려주신다면 신 오스웬이 적들을 쓸어버리겠습니다."

오스웬의 능글맞은 목소리는 여전했다. 진지함이라곤 별로 느껴지지가 않았다. 그가 나를 따르는 이유는 오로지 하나. 그를 구하고 나락군주에게 타격을 줬기 때문이다.

나는 피식 웃었다.

"막시움과 비슷한 말투로군. 그래, 막시움과는 연락이 닿았나?"

"우파 파벌의 던전 두 개를 손에 넣었다고 합니다."

"일이 잘 진행되고 있나 보군."

오스웬이 어깨를 으쓱했다.

"황제 폐하께서 강력한 원군들을 붙여주신 덕분이지요."

본래 막시움은 남아프리카 지역에서 활동하며 우파를 방해하는 역할을 맡고 있었다. 그리고 우파가 자리를 비운 지금은 던전을 차지하는 새 임무를 부여한 것이다.

병력도 충원해 주었다. 최상급 마수인 마고와 본 드래곤, 해골류의 병사 일만!

구스타르테를 잡는 데 사용하지 않은 상급의 마수 전부를 붙였다.

그야말로 난전, 그 속에서 또 다른 난전을 만들어냈다고 할 수 있었다.

'아리엘과의 싸움이 우파의 판단력을 흩뜨려 놨다.'

본래라면 지금쯤 이 소식을 접하고 병력의 상당수를 돌려보냈어야 정상이다. 하지만 현재 우파는 아리엘과 전면전을 벌이고 있었다. 그럴 여유가 없다는 의미다.

덕분에 던전을 차지하는 작업이 수월하게 진행되고 있었다. 중요한 거점을 차지하는 건 힘들겠지만 조무래기 마족 몇몇의 던전 정도는 더 얻을 수 있으리라 판단했다.

그것만으로도 충분한 성과다.

나는 만족스럽게 고개를 주억였다. 한 번에 여러 가지 일을 동시에 진행했지만, 모두 원하는 대로 돌아가고 있었다.

"황제 폐하, 누구의 편을 드시겠습니까? 아리엘 디아블로, 우파 블레넌, 아니면 판데모니엄입니까? 혹, 천족의 편을 드시려는 건 아니겠지요?"

지금 바깥은 모두가 적이었다. 암묵적인 약속은 깨졌다. 한 번 불이 붙었으니 결과가 나오기 전까진 멈출 수 없으리라.

"당연한 소리를 묻는구나."

나는 검을 뽑았다.

그리고 이어서 말했다.

"내 적은 나를 적대하는 모든 이다."

챵! 챵!

히이이잉-!

우우우우-!

모든 마수가 울부짖었다. 도플갱어가 아닌 진짜 데스나이 트들은 일제히 검을 뽑았다.

보여주기에 불과한 출전식이라지만, 내게 '적당히'는 없 었다.

한번 나선 이상 확실하게 할 생각이었다.

"가자."

화르륵!

오만의 불꽃이 타올랐다.

Dungeon Hunter

가장 먼저 노린 건 천족이다. 가만히 있어도 천족은 달려 들었다. 손을 쓰기 싫어도 쓸 수밖에 없었다.

"오스웬."

"예, 황제 폐하."

"누가 이길 거라 보는가?"

거대하기 짝이 없는 배. 그 근처에서 우파와 아리엘은 피 튀기는 전투를 벌이고 있었다. 접전이었고, 끝날 기미는 보이지 않았다.

"우파입니다."

"아리엘이 약간 우세하지 않나?"

"전쟁은 강한 사람 한 명만 있다고 되는 게 아닙니다."

오스웬은 지저 세계의 사령관이었다. 비록 자아를 잃은 상태였지만 그 경험은 그대로 녹아 있는 듯싶었다.

나는 미간을 톡톡 두드렸다.

우파와 아리엘의 1:1 싸움은 아리엘이 약간 우세했다.

이대로 시간이 지나면 그 격차는 조금씩 커질 것이다.

반대로 마족과 마수의 대결에선 우파가 앞선다. 아리엘은 소수 정예를 고집했고 덕분에 숫자가 너무 적었다. 절대적인 숫자의 우위는 어쩔 수가 없었다.

아리엘과 우파의 대결 이상으로 격차가 벌어질 것이다.

특히 저 은색의 기사들…….

그들이 대활약을 펼치는 중이지만, 나는 심안을 열어 저들의 스킬을 살핀 적이 있었다.

'동시에 무너질 테지. 그러면 끝이다.'

거대한 산맥(Epic) 스킬은 확실히 좋지만 100명분의 체력이 모두 소비되었을 때, 동시에 쓰러진다는 단점이 있었다. 조금씩도 아니고 단번에 벽이 허물어지면 그 빈자리를 채우고자 훨씬 많은 병력을 소비해야 한다.

"천족과 판데모니엄의 싸움은?"

"판데모니엄이 승리하겠지요. 그는 난전을 아주 훌륭하게 다룰 줄 압니다."

의견이 일치했다.

가장 오래 산 마족. 마도의 정수를 익힌 자.

그것이 판데모니엄이다.

이런 상황에도 익숙할 터.

반대로 천족은 계속해서 수세에 몰리고 있었다.

이대로 승부가 갈리는 건 순식간일 것이었다.

"판데모니엄이 승리하면 어디에 가세하리라 보는가?"

"둘 다 처리하거나, 아니면 우파에게 붙겠지요. 판데모니엄과 우파는 비슷한 경향이 있습니다."

우파와 판데모니엄은 본능적으로 알고 있는 것일 테다.

아리엘 디아블로의 저력을!

전생에서 그녀는 승리자였다. 최후의 최후까지 살아남았다.

"그럼 우리는 아리엘 디아블로를 도와야겠군."

"처음부터 그러실 작정 아니었습니까?"

이 전장에서 적어도 한 명은 탈락한다.

그런 확신이 들었다.

하지만 그것이 아리엘 디아블로여서는 조금 곤란하다.

전생에서 승리한 절대자에 대한 예우는 아니었다. 개인적으로 그녀와는 마지막에 겨룰 것을 기대하고 있었다. 깔끔하게 말이다.

그런 의미에서 우파와 판데모니엄은 까다롭다. 그러니 까다로운 편을 먼저 쳐내는 게 맞지 않겠는가.

대동한 군세 자체는 얼마 되지 않지만 바람을 약간 틀 정도는 될 것이다. 아리엘 디아블로가 회생할 수 있는 기회 한 차례는 만들어줄 것이었다.

하지만 지금 내가 가장 먼저 보이는 행동이 제일 중요했다.

우파냐, 판데모니엄이냐…….

노리는 목적에 따라서 전혀 다른 결과가 나올 터였다.

"우파를 노리십시오. 하쉬는 생각처럼 녹록한 아이가 아닙니다."

"천족의 지휘 체계에 문제가 생긴 것 같은데?"

"그 정도는 문제가 안 됩니다. 지금쯤이면 하쉬도 난전에 대해 완벽히 파악했을 겁니다."

"너무 과대평가하는 건 아닌가?"

"황제 폐하, 타쉬말이 도착했습니다. 그녀가 지금 하쉬의 곁에 있습니다."

나는 눈살을 찌푸렸다. 오스웰의 말이 잠시 이해가 안 됐기 때문이다.

"타쉬말은 타락했다. 천족들이 가만히 두고 볼 리가 없을 진대?"

"아주 옆에 있는 건 아닙니다. 그녀는 조금 거리를 두고 조언을 할 따름이지요. 그녀가 기른 천족들을 이용해 메시지를 전하는 건 어려운 일이 아닙니다. 그리고…… 하쉬는 타쉬말을 매우 잘 따르지 않습니까? 엄마에게 잘 보이려는 아이처럼 열심히 할 겁니다. 지금까지와는 다르게요. 물론 결과는 크게 달라지지 않겠습니다만, 더 큰 타격은 줄 수 있을 겁니다."

납득이 되는 듯하면서 되지 않았다.

어쨌든 오스웬은 나보다 전장을 보는 눈이 좋다. 그건 인정할 수밖에 없는 사실이다.

억지를 부리고 홀로 행동하는 건 전생에서 많이 했으니 되었다.

고개를 끄덕이며 말했다.

"좋다, 우파를 공략하지."

결론을 내렸다. 천족들이 더욱 분발하여 판데모니엄을 막는다면 제법 많은 시간이 생긴다. 그사이, 우파의 전력을 야금야금 갉아먹으면 나머지는 아리엘이 알아서 할 것이었다.

천족들이 배후를 잡는 걸 대비해 우파는 많은 마수를 뒤쪽으로 물려 났다. 아리엘의 진영을 둘러싼 상황에서 천족에게 길을 내줬다간 이변이 일어날 수도 있기 때문이다.

촘촘하기 그지없는 마수의 벽.

나는 그중 가장 약한 곳을 공략하기로 마음먹었다.

제아무리 견고한 벽이라도 틈이 생기면 언제고 무너지는 법이다.

가장 먼저 눈에 띈 건 그로기다. 그로기 인피르. 우파 휘하의 마족이며 서큐버스 성애자. 무슨 업적을 달성했는지 서큐버스 퀸마저 소환한 녀석이다.

서큐버스 수천 마리가 하늘을 날고 있었다. 본래 서큐버스는 중급 4Lv밖에 안 되는 마수. 그러나 서큐버스 퀸의 영향으로 더욱 강화된 상태였다.

나는 진짜 데스나이트 삼십 여기를 앞으로 내세웠다.

나머지, 도플갱어가 변신한 300의 데스나이트는 뒤쪽에 병풍으로 세워뒀다. 어차피 싸움에서 크게 도움이 안 된다. 그저 위압감을 주기 위함이었다.

나의 출현으로 서큐버스들이 눈을 돌렸다. 서큐버스 퀸의 가슴을 만지고 있던 그로기도 내게 시선을 주었다.

"허어, 랜달프 브뤼시엘 대공! 성을 지켜야 하지 않나? 성밖은 너무 위험하니깐 말이야!"

비웃음이 가득한 어조다. 곧 공중에서 그로기와 서큐버스 퀸이 내려왔다.

"이곳이 전망이 좋아 보이더군."

나는 아랑곳 않고 여유롭게 답했다. 그로기의 미소가 더욱 짙어졌다.

"후후! 그럼 얌전히 구경이나 해라. 지금 이 전장에서 네 놈이 끼어들 자리는 없다!"

"자리가 없다면 만들어야겠군, 오스웬."

오스웬이 짧게 고개를 숙였다.

"예, 황제 폐하."

"눈앞의 놈을 치울 수 있나?"

"쉬운 일입니다. 대신 서큐버스 퀸은 좀 맡아주시지요."

"보통은 반대 아닌가?"

"그 편이 시간을 많이 단축할 수 있을 것 같습니다."

오스웬이 능글맞게 말했다.

하기야 그로기 인피르 따위를 죽이는 건 격에 맞지 않다. 놈 정도라면 오스웬에게 맡겨도 되겠다 싶었다.

"고작 그 숫자의 마수들을 믿고 기고만장하군. 랜달프 브뤼시엘, 방해하겠다면 이 자리에서 네놈을 죽여주마."

나는 작게 혀를 찼다.

"가장 먼저 입을 잘라내라. 저 목소리가 너무 역겹군."

"예, 황제 폐하."

죽이 잘 맞았다. 자신은 안중에도 없다는 태도에 그로기 인피르의 얼굴이 붉어졌다.

가뜩이나 전장 속에서 며칠을 보냈다. 작은 일에도 흥분하는 건 당연했다.

"오냐, 안 그래도 네놈이 대공의 칭호를 단 걸 못마땅하게 생각했다! 진정한 대공은 우파 님뿐이거늘!"

수천의 서큐버스가 순식간에 날아들었다.

박쥐의 날개를 단 그것들이 하늘을 가득 채웠다.

저녁, 보름달이 뜬 날 더욱 강화되는 게 서큐버스의 특징이다. 울프 종류의 마수와 비슷한 면이 없잖아 있었다. 거기다가 서큐버스 퀸의 가호까지 서려 있으니, 일반적인 서큐버스로 보고 상대했다간 큰코다칠 듯했다.

'요컨대 가장 먼저 서큐버스 퀸을 제압하면 된다는 소리.'

분노, 황제의 검을 꺼냈다.

서큐버스 퀸은 굉장히 아름다운 외관을 하고 있었다.

보랏빛의 머리와 매혹적인 눈동자. 붉은 입술은 터질 듯이 부풀어 올라 있었다. 착 달라붙는 가죽 옷, 매끈한 허리와 튀어나온 둔부, 남자라면 절로 덮치고 싶게 만드는 마력이 깃들어 있었다.

[심안이 '본능의 유혹(Epic)'을 간파했습니다.]

[높은 지능 보정(111)으로 100% 방어에 성공합니다.]

은연중 스킬을 발동시키고 있었던 모양. 그러나 저런 같잖은 수가 통할 리 없다. 매혹 계열의 스킬 따위에 당할 만큼 호락호락하진 않았다.

'서큐버스 퀸은 처음 보는군.'

약간의 신기함은 있었다. 서큐버스 퀸. 책으로만 봤을 뿐 실제 접하는 건 처음이었다. 미칠 듯한 아름다움, 보는 것만으로도 남녀 구분 없이 끌어당기는 마력 탓에 많은 이가 퀸을 노렸고 더 이상은 나타나지 않게 되었다고 들었다.

그런 의미에서 그로기는 대단한 녀석이었다. 서큐버스에 대한 사랑이 얼마나 지극하면 퀸마저 소환했겠는가. 아니, 어쩌면 직접 탄생시킨 것일 수도 있겠다.

'최상급의 마수.'

나는 심안을 다시금 열었다.

이름 : 서큐버스 퀸, 돌라

능력치 :

  힘 99

  지능 91

  민첩 97

체력 82

마력 105

잠재력 (474/474)

특이사항 : 서큐버스의 여왕. 그중에서도 전설적인 서큐버스 퀸,

돌라의 이름을 그대로 이어받았습니다. 강력한 가호가

함께합니다. 주변의 모든 서큐버스가 그녀의 영향을

받습니다.

스킬 : 돌라의 가호(Epic), 본능의 유혹(Epic), 여왕의 분노(Ex Epic),

채찍의 축제(Epic)

과연…… 이 정도면 최상급 마수 중에서도 상당히 강한 편

이었다. 레벨로 따지면 최상급 3과 4레벨 사이에 있었다. 이

만한 마수를 거머쥐었으니 우파의 인식이 좋아졌을 법도 했

다. 이런 넓은 공간을 혼자서 맡게 한 것도 그러한 이유인 듯

싶었다.

내가 막 자세를 잡았을 때였다. 메시지 하나가 더 떠올랐다.

[돌라의 가호(Epic)와 지배의 권능(Ex Epic)이 부딪힙니다.]

[지배의 권능이 돌라의 가호를 64.4% 상쇄시켰습니다.]

[돌라의 가호가 매우 약해집니다.]

한쪽 입꼬리를 말았다. 내가 가진 지배의 권능은 여러 가지 효능을 가지고 있었는데, 영역에 관한 스킬에 있어선 이런 능력도 발휘하는 모양이었다.

나쁠 건 없었다. 안 그래도 돌라의 가호가 살짝 부담스럽던 참이다. 때문에 속전속결로 끝내려고 했다.

그런데 무리할 필요가 없어졌다.

가호가 약해지면 서큐버스들은 조금 센 중급 마수밖에 되지 않는다. 숫자가 그렇게 많이 차이 나는 것도 아니었으니 형세 역전의 발판이 마련된 것이다.

그를 느꼈는지 그로기의 표정이 굳었다.

하나 싸움은 이미 시작되었다.

"그럼 한 수 배우겠소, 마족 양반."

오스웬이 여섯 개의 손으로 여섯 개의 검을 쥐었다.

한 자루, 한 자루가 명검이다. 모두 오스웬이 직접 만든 것이었다. 그는 7대 죄악 세트 아이템을 만들어낼 정도로 실력 좋은 대장장이였으니.

어중간한 물건은 절대로 만들지 않는다. 그중에서도 무구만큼은 필사적으로 만든다. 그것이 오스웬의 자부심이었다.

서큐버스 퀸 돌라가 채찍을 잡았다. 나는 그녀의 눈을 바라보며 내심 읊조렸다.

'책 속의 존재여, 네가 있을 곳은 이곳이 아니다.'

처음 보는 신기함. 단지 그뿐이었다.

몇천, 어쩌면 몇만 년 만에 세상에 모습을 드러낸 서큐버스 퀸일지도 모른다.

그러나 서큐버스 퀸은 다시 이야기 속에서만 존재하게 될 것이었다.

Dungeon Hunter

우파가 만든 벽은 의외로 허술했다.

신경 쓸 게 많아서일까?

아니면 그만큼 아리엘 디아블로에게 집중했기 때문일까.

내가 잠깐 참가한 것만으로 눈에 보이는 구멍이 생겨났다.

기습적인 측면이 없지 않아 있었지만, 신경 쓰지 않았다.

'원래부터 우리는 적. 적에게 예의를 운운할 만큼 나는 신사가 아니다.'

다른 마족보다는 조금 낫다고 생각한다. 내가 한 말은 어지간하면 지키려고 하니까.

하여간 이번 전장은 대공 한 명을 별다른 위험 없이 쳐낼 절호의 기회였다. 내 손이 아니라 아리엘 디아블로의 손을 빌리는 것이니, 내가 크게 조명될 이유도 없었다.

그렇기에 우파의 사각에서 활동을 한대도 한 점 찔리는 점이 없었다.

사각.

나는 지금 분명히 사각에 위치해 있었다.

우파의 모든 신경은 아리엘 디아블로에게 집중되었고 소식을 들었대도 쉽게 발을 빼지 아니할 것이다.

이를 갈긴 하겠지만 발을 빼기엔 애매한 타이밍이기도 했다. 뺀다고 그대로 넘어갈 아리엘 디아블로가 아니기 때문이다.

울며 겨자 먹기로 승패가 갈리기 전까지 싸울 수밖에 없었다. 그것이 우파의 숙명이었다.

"이 정도면 충분하다."

나는 우파 휘하의 마족 셋을 죽였다. 나 역시 피해가 없진 않았다. 대동한 마수 대다수를 잃은 것이다.

이쯤하면 되었다. 틈은 생겼고 이 틈을 찾는 건 오로지 아리엘 디아블로의 몫이었다. 내가 그것까지 신경 써줄 이유는 없었다.

"후! 이제 무엇을 하면 되겠습니까, 황제 폐하?"

오스웬이 이마를 훔치며 말했다. 실제로 땀도 안 나는 죽은 자이기에 흉내를 내는 것에 불과했지만 말이다.

나는 분노와 황제의 검을 집어넣고 몸을 돌렸다.

"열심히 신경이 쓰이게 만들어야겠지. 데스나이트로 변신한 도플갱어들이 전장을 누비게 만들어라. 싸우지 않고 그저 돌아다니는 걸로도 충분할 것이다."

"우파가 똥줄 좀 타겠군요."

"나는 성으로 돌아가겠다."

"황제 폐하, 괜찮겠습니까? 이제 성에는 폐하의 충직한 부하들이 없습니다."

오스웬이 던지는 농담이었다. 나도 적당히 받아쳐 주었다.

"쓸데없는 참견이로군. 돌아가서 나는 전황을 살피겠다. 필요한 일이 생기거든 그때 찾아오도록."

확정하여 말하자 오스웬도 고개를 주억였다.

"예, 저는 나머지 마수들을 지휘하겠습니다."

이로써 서로의 할 일이 정해졌다.

나는 걸음을 뗐다. 곧 바람과 동화되어 순식간에 자리를 벗어났다.

굳이 성으로 돌아가는 이유.

조각을 맞춰보기 위함이다. 그리고 '희망'을 발사할 타이밍을 재기 위해서였다.

내가 지시하지 않으면 희망은 터지지 않는다. 그 타이밍을 재려면 전장에서보다 살짝 떨어진 성에서가 더욱 정확했다. 전체적인 맥락을 파악해야 최상의 타이밍을 잡을 수 있었다.

성의 지하. 그곳엔 숨겨진 비밀의 방 하나가 있었다. 성의 모든 장소를 살피며 조작을 할 수 있는 공간이다.

그곳엔 수많은 수정구와 수천 갈래로 나뉜 선이 복잡하게 얽혀 있었다.

'성 내의 마력을 순식간에 증폭시키는 장치이지. 판데모니엄도 이곳은 찾아내지 못했다.'

나락군주의 보물 창고에 있었던 아이템 중 하나였다.

괴랄할 정도의 마력 증폭을 일으켜 폭주하도록 만드는 마법진. 마도의 정수라 일컬어지는 판데모니엄도 과연 나락군주의 변칙적인 마법진을 찾아내진 못한 듯싶었다.

그리고 수십 개의 수정구에선 성 주변의 상황을 속속들이 비추고 있었다.

나는 수정구를 살피다가 품에서 다섯 개의 조각을 꺼냈다.

'고급 수련의 방.'

그곳을 수료함으로써 얻은 증표와 같았다.

크리슬리와 타쉬말, 유은혜와 에드워드가 고급 수련의 방에 들어갔다. 그렇다면 네 개여야 정상이지만 나는 이미 다섯 개 모두를 가지고 있었다.

'하나는 하쉬가 사용했지.'

바로 그랬다. 어린 하쉬를 빠른 시간에 조금이라도 숙성시키고자 선택한 방법이 바로 고급 수련의 방이었다.

고급 수련의 방에서 육체는 나이를 먹지 않는다. 하나 정신은 성장하는 게 가능했다. 육체의 성장이 더뎌서 아직 말은 못 하지만 웬만한 성인 뺨치는 사고를 할 수 있는 것이다.

아니라면 내가 그저 어리기만 한 천족을 신성지대에 집어넣을 리 있겠는가.

아무리 지천사에 해당한대도 그곳에 들어갔다가 다른 천족에 감화될 가능성이 없지 않았다. 하지만 정신이 어느 정도 성장한 상태에선 그런 부담이 별로 없다.

'나락군주는 왜 이런 것을 준비해 둔 것일까.'

처음부터 든 의문이었다.

왜 굳이 완전체와 가까운 그가 이런 것을 준비했는지.

이미 수많은 병졸이 있으면서 굳이 자신의 보물 창고에 넣어둔 이유가 몹시 궁금했다.

다른 전설적인 아이템도 많았지만, 그 때문에 더욱 눈에 띌 수밖에 없었다.

부하를 성장시키려는 의도는 아닐 것이다. 그렇다면 고작 다섯밖에 들어갈 수 없는 것이 궁금했다. 게다가 무사히 방을 나오면 주는 조각들에 의문이 서렸다. 조각이 모두 모이면 무슨 일이 일어날 것이란 강한 직감이 들었다.

지금에서야 그것을 확인해 보려고 한다.

나는 조각 다섯 개를 바닥에 수놓았다.

하지만, 맞출 수 없었다. 다시 조각을 마법 주머니에 넣어야만 했다.

'손님이로군.'

지척에서 수많은 기척이 느껴졌다. 누군가를 찾듯이 배회하고 있었다. 없었다가 갑자기 생겨났다. 결코 좋은 의도로는 보이지 않았다.

고개를 한 차례 흔들곤 바깥으로 나섰다.

우선은 저 손님들부터 맞이해야 할 것 같았다. 이 장소가 들켜선 안 되었다.

바닥에서 그림자가 일어났다. 어둠밖에 없는 지하 공간이건만 그림자가 존재한다는 게 아이러니였다.

그림자는 지하 공간을 가득 채울 만큼 많았다.

얼추 일만 가까이 되는 듯했다.

이윽고 모든 그림자가 조금씩 모습을 바꿨다. 곧 나와 같은 모습으로 나타났다.

'도플갱어?'

고개를 갸웃했다. 처음 보는 마수다. 그림자로 있다가 도플갱어처럼 상대의 모습으로 변하는 마수는 본 적도 들은 적도 없었다.

하는 수 없이 심안을 열었다.

이름 : 쉐도우 헌터

설명 : 상대의 모습으로 변하는 그림자형 마수. 판데모니엄이 창
　　　조했으며 변신했을 때의 능력치는 상대에 따라 다르다. 오
　　　로지 그것을 위해 특화된 마수. 변신한 대상의 오리지널에
　　　강한 살의를 가진다. 반대로 변신한 상대 외의 것에겐 무력
　　　한 모습을 보인다.

스킬 : 모방(Ex Epic)

일인지정.

말인즉, 암살에 특화된 마수다.

오로지 대상 하나를 죽이기 위해 창조된 저주와 같았다.

'판데모니엄이 재밌는 걸 만들어냈군.'

능력치가 보이지 않는다. 능력치의 변동 폭이 크다는 뜻.

그러나 나와 같은 기량을 낼 수는 없을 것이다. 그게 가능
하다면 진즉 판데모니엄이 이 게임에서 승리했어야 옳다.

잠시 후, 나와 똑 닮은 인상의 마수가 일만여 가까이 생겨
났다.

퍽 재밌는 상황이었다.

나도 모르게 입가를 씰룩이고 말았다.

"나 자신과의 싸움은 익숙하지."

별로 당황하진 않았다. 이미 근원의 나무에서 내 그림자와

의 싸움을 숱하게 해본 덕이다. 하물며 그저 모방에 지나지 않는 것들을 상대로 긴장할 필요가 없었다.

숫자는 제법 많았지만, 한 차례 어깨를 으쓱했다.

'판데모니엄, 끝까지 나를 견제하겠다는 속셈이로군.'

과연 녹록치 않는 놈이다. 그 상황에서 나를 암살하고자 준비를 했다니.

만 대 일이라…….

그렇게 쉽지는 않을 것 같았지만 해볼 만은 할 것 같았다.

나와 똑같이 생긴 쉐도우 헌터들이 양손을 움직였다. 단순한 외견이 아니라 무구들도 복제하는 데 성공한 것 같았다. 과연 진짜와 모방된 무구의 대결에서 어느 쪽이 승리하게 될지 약간의 호기심이 일었다.

일단, 쉐도우 헌터의 움직임은 좋았다. 그러나 역시 나와는 다르다. 깊이의 차이가 너무나도 많이 났다. 그리고 초월자의 영역에 든 나를 고작 마수 따위가 완벽히 흉내 낼 순 없는 노릇이다.

저 쉐도우 헌터라는 마수가 초월자의 영역에 든 마수라면 또 모르겠지만 그게 아니지 않은가.

'그래도 숫자가 좀 많군.'

챙!

검과 검이 부딪쳤다.

쩌정!

쉐도우 헌터가 가진 황제의 검에 균열이 갔다.

역시나, 오리지널을 당할 수는 없다. 본래 황제의 검은 '부서지지 않는다'는 불멸성을 가지고 있건만 복제품이라 그런지 두어 번 부딪히면 가루가 날 듯싶었다.

모방의 한계다. 깊이가 없었다. 겉을 조금 잘 복제한 것에 지나지 않았다. 스킬의 사용도 비슷했지만 단지 그뿐이다. 이건…… 보고 있으면 너무 엉성해서 웃음이 나올 것 같았다.

하지만 상대는 무려 일만에 달하는 숫자였다.

못해도 상급 1Lv의 무력은 지닌 마수가 일만!

나로서도 조금은 벅차다. 그저 그런 하급의 마수도 아니고, 상급쯤 되면 나름의 격이 생긴다. 적은 타격에는 죽지 않는다. 하나하나를 상대할 때 나름의 의지를 가지고 힘을 가해야만 했다.

초월자임에도 마찬가지다. 만약 진정으로 일인군단이 가능했다면 전생에서 마족들은 천족에게 모두 패배했을 것이다. 치천사 카마엘. 그 작은 행성과도 같은 놈에게 말이다.

'쯧.'

하나 작게 혀를 찼다.

전장에서 우파의 휘하 마족들을 상대하며 마력을 상당히 소모했다. 마족 셋을 시간차 없이 죽였으니 아무런 타격이 없는 게 이상하다. 이 상태로 싸움에 임해야 한다는 것이 자못 걸렸다.

원군을 부를까?

부르려면 못할 것도 없었다. 이히에게 지시하면 그만인 일. 그러나 이내 고개를 저었다. 자칫 휘하의 중요한 마수들을 불렀다간 제때 탈출하지 못할 가능성이 생긴다. 나의 목숨보다 중요하진 않겠지만 약간의 오기도 있었다.

판데모니엄이 준비한 덫.

아마도 이 하나는 아닐 터인데…….

홀로 깨부순다면 어찌나 통쾌할지 말이다.

'해보자.'

화르륵!

오만의 불길을 사방에 태웠다. 절대로 꺼지지 않는 화염이 어둠을 밝혔고 곧 나의 모습을 한 그림자를 삼켰다.

화륵!

이에 쉐도우 헌터들도 오만의 불길을 태웠지만 역시나 원본을 이길 수는 없다. 오만은 칠대 죄악 중 하나. 아무나 흉내 낼 수 없는 지고의 불이다.

쿠르르릉!

뇌신도 나왔다. 거대한 포효와 함께 순식간에 주변을 쓸어버렸다.

나는 아예 뇌신을 자유자재로 풀어놓았다. 일일이 움직이기엔 신경 쓸 게 너무 많았다.

'지배의 권능이 잘 발동하길 바라야겠군.'

그리고 내게는 훌륭한 무기가 하나 더 있었다.

지배의 권능!

아주 낮은 확률로 상대방을 굴종시키는 스킬.

과연 그림자에 불과한 것들에게도 통할지는 의문이나, 그렇다고 통하지 않을 이유도 없었다. 제대로 발동하기만 한다면 혼자이되 다수로서 싸움에 임할 수 있게 된다. 그리되면 일 대 만이라도 충분히 할 만한 것이다.

"다크 소드."

지이잉―!

황제의 검과 분노가 검게 물들었다.

그와 동시에 쉐도우 헌터들도 자신의 검을 붉게 물들였다.

희망의 설치를 끝냈다. 이제는 빠르게 후퇴만 하면 된다. 최대한 멀리 떨어져야 생존 가능성이 조금이라도 올라간다.

하지만…… 돌연 유은혜는 멈춰 섰다.

"누나?"

에드워드가 고개를 갸웃했다. 환자들을 희망을 끌고 왔던 수레에 태우고 이동하는 중이었는데, 실상 제대로 서 있는 인원은 유은혜와 에드워드, 그리고 김유라와 김민지뿐이었다.

입을 꾹 다물던 유은혜가 힘겹게 말했다.

"난 돌아가야겠어."

"어디를요? 설마……."

"그래, 두 눈으로 확인하지 않으면 안 될 거 같아."

"미쳤어요? 거기가 어디라고 다시 돌아가요? 누나가 가 봐야 아무것도 할 수 없다구요. 나중에는 모르지만 지금 당장은……."

에드워드가 마지막 말을 삼켰다.

그렇다. 유은혜의 실력 정도로는 아무것도 할 수 없다. 후에, 몇 년, 혹은 몇십 년이 지난 다음에는 모르겠다. 그러나 당장은 개죽음이나 안 당하면 다행이다.

"정말 그는 아무런 감정이 없었을까? 데빌헌터에 있었을 때, 그가 우리를 이끌었을 때 매번 냉정했지만 그 속에 조금의 온정이 있는 걸 난 분명히 봤어. 정말…… 그가 그냥 마족인지 확인해 봐야겠어. 인류의 미래를 위해서라도."

그가 마지막 희망이라면 유은혜는 그의 진면목을 확인할 의무가 있었다. 만약 랜달프 브뤼시엘이 다른 마족과 비슷하다면 최악의 선택이 될 수도 있는 것이다.

그러나 에드워드는 극구 반대했다.

"누나, 가면 안 돼요. 그 사람은, 아니, 그 마족은 우리를 이용했을 뿐이에요."

"정말 그렇게 생각해? 난 원래 화장실이나 청소하는 구제 불능이었어. 너도 죽기 직전의 연약한 아이에 불과했지. 천명회는 몇 번이나 위험을 겪었고, 한국은 몇 번이나 멸망할 뻔했어. 하지만, 결국 결과는 어때?"

"누나! 누나답지 않게 왜 그래요? 들었잖아요. 언젠가 강해져서 마족의 목을 칠 것이라 생각했다고! 그는 단지 우리의 가능성을 봤을 뿐이에요. 만약 누나나 내가 일말의 가능성조차 가지고 있지 않았다면, 그래도 그가 우리를 구했을 것 같아요?"

"그는 처음부터 알고 있었을 거야. 인류가 어떠한 위험을 맞이할지! 그래서 우리와 같은 사람들을 모을 필요가 있었던 거고. 만약 그가 그냥 다른 마족과 같았다면, 아니면 아예 움직이지 않았다면 어떻게 됐을 거 같니? 구세주가 되어 우리를 돕지 않았다면? 기린 님을 소환해 흩어진 사람을 모으게 한 건?"

"그래서 지금 그 마족이 착하단 거예요? 아니잖아요. 대원들을 눈 하나 깜짝 안 하고 죽였어요. 단지 자신에게 검을 들었다는 이유 하나 때문에!"

"……문화의 차이야. 다른 마족을 우리는 겪어봤잖니? 그들이 얼마나 잔인하고 악랄한지. 그럼에도 그는 다른 마족과

는 조금 다른 것 같다는 느낌이 들어. 분명히…… 표현을 잘
못할 뿐이라고……."

"후우."

에드워드가 깊게 한숨을 내쉬었다.

중증이다. 무슨 말을 하든 통하지 않을 것이었다.

유은혜의 발언은 그저 하릴없이 믿고 싶은 자들의 궤변일
따름이었다. 결과가 좋다고 모든 게 허락되진 않는다. 지켜
야 할 선이라는 게 분명히 존재하는 법이었다.

에드워드는 대검을 뽑았다. 사랑하는 누이를 지키기 위해
서라도 지금은 무력을 사용할 때였다. 돌아가 봐야 죽으리란
사실이 너무나도 뻔했기 때문이다.

"정 가고 싶으면 저를 밟고 가세요. 아니면 죽을 장소로는
못 보내드려요."

"에드워드."

"저도 이러기 싫어요. 하지만…… 희망은 이미 저희의 손
을 떠났어요. 그가 설령 마족들을 제거하는 데 희망을 쓰더
라도 우리는 그 후의 일을 논의해야 돼요. 누나가 죽으면 인
류는 아주 큰 손실을 입는 거라구요."

에드워드는 논리 정연했다. 마냥 어린아이는 아니라는 소
리다.

하지만 유은혜의 표정은 복잡하기 그지없었다. 그럼에도

고집은 꺾지 않았다.

스으.

유은혜도 조용히 검을 뽑았다. 곧 매끈한 검신이 자태를 드러냈다.

둘의 실력은 비슷하다. 아직까진 유은혜가 반수 정도 위였다. 그러나 유은혜는 현재 제정신이라 하기는 어려운 상태였으니 어찌 될지는 아무도 알 수 없었다.

그리고 둘의 대치를 바라보는 김유라와 김민지의 표정은 한없이 어두웠다. 그러나 사실을 밝힐 수도 없었다.

그녀들이 할 수 있는 일이라곤, 무사히 이 싸움이 종결되길 바라는 것뿐이었다.

"음……."

한 차례 고개를 흔들었다. 마력이 역류하기 시작한 덕이다. 잠시 시점이 어지러워졌다. 다량의 마력을 아낌없이 사용해서인지 온몸이 텅 비어버린 느낌이었다.

'그래도 성공했군.'

일만 대 일의 대결!

나는 판데모니엄이 준비한 덫을 확실하게 깨부쉈다.

덕택에 육체가 한계 근처까지 도달했지만 아직 쓰러질 정도는 아니었다.

쉐도우 헌터는 죽는 즉시 연기가 되어 사라졌다. 하여 주변엔 아무것도 남지 않은 상황이었다.

'정복자의 반지가 있어서 다행이야.'

마력의 회복 속도를 돕는 아이템.

지금도 빠르게 마력이 수복되는 중이었다.

하루 반나절 정도만 시간이 주어지면 마력의 상당 부분을 수복할 수 있을 터. 크게 조급하진 않았다.

처음부터 강한 마수들을 대동했으면 이런 일을 겪지는 않았겠지만, 모두 내 욕심에서 비롯된 일이다.

구스타르테를 잡고, 우파의 던전을 공략하려면 최저한의 병력만 대동한 채 올 수밖에 없었다.

물론 혼자서 쉐도우 헌터를 맞이한 건 단순한 고집이었지만…….

후회는 없다. 그만한 성과를 이뤘으니 말이다. 통쾌함도 강하게 들었다.

쉬이이. 쉬이이이이이이.

그러나 머지않은 시간, 나는 미간을 구겼다. 지하 통로를 흐르던 바람 소리가 미묘하게 변했음을 눈치챘다.

"내가 혼자 있는 걸 용케도 눈치챘군."

어찌 알아채고 찾아왔을까?

'판데모니엄은 이 장소를 알고 있었다. 모른 척하고 있었

을 뿐이야.'

입안이 씁쓸했다.

아무래도 나는 판데모니엄을 너무 과소평가하고 있었던 듯싶었다.

그는 마도의 정수를 모두 익힌 자다. 나락군주의 마법진이 펼쳐진 장소도 꿰뚫고 있었던 것이다. 그러나 모른 척했다. 내가 이곳에 언제고 혼자 올 것임을 알고서 기다린 것이었다.

'까다롭게 됐군.'

벽을 뚫고 나갈 수도 있지만, 판데모니엄이 이 장소를 확실하게 인지하고 있다면 그럴 수도 없었다. 다름이 아니라 희망도 이 장소에 있었기 때문이다. 그리고 판데모니엄은 이 장소에 대해 알아도 정확한 쓰임새를 모를 가능성이 농후했다. 희망에 대해선 아예 무지한 것이 당연했고.

희망을 포기하기엔 너무 아까웠다. 희망이 판데모니엄의 손에 들어가는 것도 고려해야 했다.

'할 수 없지.'

곧이어 꼭두각시 마족들이 등장했다. 그 숫자는 열둘. 본래는 오쿨루스의 휘하 마족이었으나 현재는 자아를 잃고 판데모니엄의 수족이 된 자들이다.

스륵. 스르륵.

그 주변으로 기천의 쉐도우 헌터가 합류했다.

'개조된 마족들……'

혀를 차며 고개를 저었다.

까다로운 싸움이 될 것 같았다.

짙은 연기가 피어났다. 유은혜가 그리니치 천문대에 도착했을 땐 이미 많은 변화가 생긴 뒤였다.

곳곳에 시체가 널려 있었고 불타지 않는 장소가 없었다.

'어디에 있을까?'

그러나 유은혜는 발걸음을 멈추지 않았다. 그녀가 찾는 이는 오로지 하나뿐이었다. 과거 자신을 이끌고 키워주던 인물! 스스로를 마족이라 칭했지만 아직도 쉽사리 믿기지가 않았다.

전장을 모두 뒤져서라도 찾아낼 생각이었다.

하지만 녹록치 않은 일이었다. 아직도 마족과 천족은 뒤엉켜 싸우는 중이었다. 마수들끼리도 싸우고 있는 판국이다. 잘못해서 휩쓸리면 뼛조각 하나 건질 수 없을 테다.

'여긴 없어.'

그래도 유은혜는 포기하지 않았다. 전장을 최대한 넓게 둘러보며 그가 이곳에 없음을 확신했다.

그렇다면 대체 어디에 있는 걸까?

그리니치 천문대로 잠입했다. 어쩌면 희망을 터뜨릴 준비를 하고 있을지도 모른다. 희망을 설치한 장소에서 멀지 않은 곳에 있을 것이다.

몇 번 위험한 상황이 있었지만, 다행히 지하로 잠입하는 데 성공했다.

그리고 곧 역하기 짝이 없는 냄새가 코로 스며듦을 느꼈다.

'이게 대체 무슨 냄새지?'

걸으면 걸을수록, 냄새는 심해졌다. 유은혜는 저도 모르게 코를 부여잡았다.

그리고 머지않아 걸음을 멈출 수밖에 없었다.

지하가 반쯤 무너져 있었다.

'무슨 일이 생긴 게 분명해!'

전에 왔을 땐 멀쩡했던 길이다. 그사이 무슨 일이 생겼다 는 방증이었다.

아주 무너진 건 아니라서 어렵사리 들어갈 순 있었다.

꾸역꾸역 앞으로 나가며 길을 튼 결과, 마족들의 시체 몇 구를 찾을 수 있었다.

'다른 마족……!'

전투의 흔적은 역력했다.

유은혜의 걸음이 바빠졌다.

그리고 잠시 후.

무언가를 발견한 유은혜의 눈이 커졌다.

"아……!"

Chapter 71

폭발

Dungeon Hunter

익숙한 외관의 마족이 벽에 등을 댄 채 쓰러져 있었다. 온몸에 피 칠을 하고서! 가뜩이나 하얀 얼굴이 더욱 창백해진 상태였다.

가슴의 기복이 없는 걸 보면 죽은 것 같기도 하였다.

유은혜 역시 숨을 멈췄다. 머릿속이 하얘졌다. 손이 덜덜 떨려오자 유은혜는 주먹에 힘을 꽉 주었다. 그리고 이어 급히 다가갔다.

'제발.'

각성자. 그중에서도 최상위를 달리는 그녀다. 인간의 한계를 넘어선 청각은 제법 멀리 떨어져 있어도 심장 소리쯤은 들을 수 있게 해주었다. 하지만 지금은 평범한 사람으로 돌아간

기분이었다. 아무것도 들리지 않았고, 느껴지지 않았다.

숨을 크게 들이마시며 유은혜가 남자의 가슴팍에 귀를 가져다 대었다.

두근!

기다렸다는 듯이 심장이 한 차례 크게 경적을 울렸다.

아아!

유은혜가 안도의 눈물을 흘렸다. 왜 눈물이 나오는지 이유 같은 건 생각하지 않았다. 그저 막연하게 나오는 것이었다.

동시에 유은혜는 빠르게 이성을 되찾을 수 있었다.

급히 주변을 둘러봤다.

어질러진 흔적들.

죽은 마족들.

'습격이 있었어, 불시에.'

작게 고개를 끄덕였다. 남자는 습격을 받고 반격에 나선 게 분명했다. 아무렴. 그는 호락호락한 이가 아니었다. 적들은 결국 잘못된 선택으로 모두 죽임을 맞이했다. 하지만 남자 자신도 상처를 입고 쓰러진 것이다.

'한 차례로 끝난 게 아니야. 최소 두 번…….'

정신이 번쩍 들었다.

주변의 흔적은 거짓말을 하지 않았다.

몇 번이나 습격을 받았고 모두 물리친 게 분명했다.

그렇다면.

'또다시 습격이 있을 수도 있어.'

유은혜는 즉시 남자를 어깨에 멨다. 여기서 지체했다간 둘 다 죽은 목숨이다. 남자는 지쳤고, 유은혜는 마족을 상대할 수 없었다.

하지만 바깥은 마수 천지였다. 혼자라면 모르나 둘이서 이동하며 들키지 않을 수는 없었다.

'안전한 장소에 숨어야 돼.'

지금은 그 수밖에 없을 듯했다.

유은혜는 자신이 걸어온 길을 떠올렸다. 갖은 장애물을 넘어 여기까지 도달하지 않았는가. 그 과정에서 가장 안전해 보이던 장소를 기억해 낼 수 있었다.

'시계탑.'

시계탑 주변으로는 마수들이 쉽사리 다가가지 않았다.

도박이었다. 그 이유가 그만큼 시계탑이 위험해서라면 둘은 무사하지 못할 터다.

남자를 둘러멘 유은혜가 사력을 다해 지하로에서의 탈출을 시도했다.

유은혜는 이동하는 와중에도 빠르게 머리를 굴렸다.

그리니치 천문대의 지도는 몇 번이나 외웠다. 비록 내부가 개조되었다지만 큰 틀은 변하지 않았을 것이었다.

자신이 지나온 길보다 더 빠르고 안전한 길이 있을 가능성이 있었다.

'치료해야 돼.'

남자의 몸은 불덩이 같았다. 한 번 멈췄던 심장이 뛰기 시작하자 불꽃처럼 타올랐다. 그 열기가 어찌나 대단한지 유은혜의 등이 뜨끈해질 수준이었다.

만약 열을 감지하는 마수가 있다면 끝장이다. 하늘에 비는 수밖에 없을 듯했다.

유은혜는 최대한 돌고 돌았다. 전신의 모든 감각을 끌어내 마수들의 위치를 알아내고, 마수가 있는 장소는 에둘러서 돌아갔다. 때문에 시간이 조금씩 지체되고 있었다.

하지만 모험을 걸 수는 없었다. 자신 하나의 목숨이라면 몰라도 남자의 목숨까지 위협받는 상황이었다. 안전을 제일로 두고 움직이는 것밖에 다른 방법이 없었다.

시계탑으로 가는 길이 굉장히 멀게 느껴졌다. 그나마 다행인 점이라면 성 내부에는 마수가 생각보다 많지 않다는 것이다. 있어도 급이 높은 마수는 아니었다.

스륵. 스르륵.

절반이나 갔을까?

유은혜는 주변의 마력이 심상치 않게 요동침을 느꼈다.

고개를 홱 하고 돌리자, 바닥에서 그림자 같은 것들이 올라오는 걸 볼 수 있었다.

'저건?'

침을 꿀꺽 삼켰다. 그림자들은 유은혜를 발견하곤 주위를 포위하듯 감쌌다.

좋은 의도가 있어 보이진 않는다. 아무래도 이 그림자 역시 마수의 한 종류인 듯싶었다.

'어쩔 수 없어. 싸워야 해.'

유은혜가 조심스럽게 남자를 내려놓고 검을 뽑았다. 하지만 검의 날이 상당히 상해 있었다. 에드워드와의 전투로 날이 다 빠진 것이다.

하이 프리스트 자매가 치료해 준 덕분에 체력은 남아 있는 상태지만 무기가 이래선…….

'이 검으로는 힘들어. 어떡하지?'

입술을 깨물었다. 그 순간 그림자들이 일제히 유은혜의 모습으로 변했다.

도플갱어인가?

그런 것도 같지만 조금 달랐다. 일단 도플갱어는 그림자 형태로 남아 있지 않는다. 변신하지 않으면 젤과 같은 상태로 머물러 있다.

"잠깐 빌릴게요."

유은혜의 시선이 남자의 허리춤으로 향했다.

두 개의 검집. 그 안에서 두 자루의 검을 꺼냈다.

하나는 날이 새까맸고 다른 한 자루는 보석이 잔뜩 박혀 있는 황금의 검이었다.

비틀!

두 자루의 검을 쥔 순간 유은혜의 몸이 휘청거렸다.

[경고! 분노와 황제의 검이 사용자를 살핍니다. 두 검에는 약한 자아가 깃들어 있어 잘못된 사용자가 사용할 경우 강한 반발을 일으킬 수 있습니다.]

[분노와 황제의 검이 사용자 유은혜를 잠시 받아들입니다.]

유은혜는 겨우 자세를 잡았다. 힘을 뺏어가던 느낌이 전부 사라진 덕이다.

'에고소드라니!'

눈이 커다래질 수밖에 없었다. 에고소드. 말로만 들어봤지 실물로 보는 건 처음이었다. 누군가가 가지고 있다는 말도 들어본 적이 없으니 그저 상상 속의 존재일 줄로만 알았다.

그러다가 유은혜가 급히 고개를 저었다.

지금은 이럴 때가 아니었다. 최대한 빨리 자신의 모습을 한 저 그림자들을 제거하고 이동해야 했다. 너무 늦으면 주변의 다른 마수가 합류할 가능성이 높았다.

분신들도 유은혜와 같은 무기를 복사했다. 아무래도 자신이 가지고 있는 모든 걸 복사하는 타입의 마수인 듯싶었다.

'……질 순 없어.'

유은혜는 바스러질 정도로 이를 악물었다.

"헉! 헉!"

유은혜가 비지땀을 흘렸다. 입에선 단내가 났다. 세상이 빙그르르 도는 듯 어지럽고 당장에라도 주저앉고 싶었다. 하지만 유은혜는 필사의 의지로 발을 옮겼다.

저 그림자들은 집요했다. 벌써 몇 번이나 부딪쳤지만 도무지 포기할 줄을 몰랐다. 덕분에 걸음이 지체되었고 한참이나 빙 돌아갈 수밖에 없었다.

편해질 방법은 안다.

남자를 포기하면 된다.

저 그림자들의 목표는 어디까지나 남자였다.

버리고 가면 언제 그랬냐는 듯 추격을 멈출 것이다.

하지만 그럴 순 없었다. 그래선 안 된다고 심장이 외쳐댔다.

벽을 짚으며 일어났다. 슬쩍 남자의 얼굴을 보았다.

피에 절어 쓰러져 있음에도 왜인지 편안해 보이는 얼굴.

지금의 상황을 알기는 하는 걸까?

그러나 남자는 평소와 전혀 다른 분위기를 띠고 있었다.

냉혈한, 그저 상대를 미워하기만 하는 존재는 결코 이런 얼굴을 할 수 없다.

마치 아기와 같이 순수하지 않은가.

유은혜의 입가가 씰룩였다.

유은혜는 아무리 가면을 써도 사람의 자는 모습에서 그 본성이 나타난다고 믿었다.

누구나 자신의 자는 얼굴을 모르는 법이니까. 가면을 쓸 수 있을 리가 없다고!

"조금만 더 참으세요. 이제…… 곧이니까."

때마침 시계탑이 보였다.

앞으로 조금. 백여 걸음만 더 걸어가면 시계탑 안으로 진입할 수 있으리라.

희망을 안고서 유은혜가 움직였다. 하지만 멀리 가지 못했다.

스륵. 스르륵.

그림자들이 다시금 등장한 탓이다.

유은혜는 진절머리를 쳤다.

죽여도, 죽여도 어디선가 계속해서 나타난다. 이건 숫제 저주였다. 대상을 말살하기 전까지는 멈추지 않는.

유은혜가 다시 검을 들었다. 쌍검술에 익숙하지 않음에도 몸에 익어 있었다. 정확하게는 두 자루의 검이 검로를 알려주는 느낌이었다. 여기선 이렇게 검을 사용해야 한다고, 이렇게 움직여야 한다고 속삭이는 기분이었다.

그리고 그 동작은 평소 남자가 행하던 검술과 매우 닮아 있었다.

['검의 흐름(U, Passive)' 스킬이 생성되었습니다.]

[힘과 민첩이 2씩 상승합니다.]

[검의 소리에 더욱 민감해집니다.]

메시지에 신경 쓸 겨를이 없었다. 유은혜는 숨을 크게 들이쉬며 조용히 자세를 잡았다. 전보다 조금 더 유연해진 느낌이 들었지만 지금은 저 그림자들을 처리하는 게 먼저였다.

좌악!

유은혜의 모습을 한 그림자들이 사방을 포위한 채 발을 움직였다. 유은혜는 가장 먼저 다가오는 분신의 허리를 끊었다.

밟고 없애며 유은혜는 곧 피로함을 잊었다. 오로지 그림자를 죽이는 데에만 치중했다. 그 외의 것은 그리 중요하지 않았다.

['무아지경(EX U, Passive)' 스킬이 생성되었습니다.]

[모든 능력치가 2씩 상승합니다.]

[무아지경의 상태에 빠져들었을 때 모든 능력치가 5씩 추가로 상승합니다.]

남자의 움직임을 익히고 따라한 덕일까? 아니면 두 자루의 검이 길을 알려주는 이유일까.

메시지는 계속해서 떠올랐다. 그러나 지금 유은혜의 시선에는 들어오지 않았다.

털썩!

이윽고 그림자를 모두 물리친 유은혜가 바닥에 쓰러졌다.

체력이 다한 것이다. 한 톨 남은 체력마저 사용하여 손가락 하나 꿈쩍할 여유가 없었다.

'이제 다 왔는데…….'

의식이 점점 흐릿해졌다. 유은혜는 최대한 손을 뻗어 남자의 손을 잡았다. 이대로 그림자가 다시 한 번 습격해 온다면 그다음 일은 안 봐도 뻔했다.

죽음.

자신의 목숨보단 남자를 살리지 못한 게 아쉬울 따름이다.

그때였다.

"룰~ 루루룰~ 거울아, 거울아, 이 세상에서 이히가 제일

예쁘지? 네~ 이히 님이 세상에서 제일루 예쁘셔요! 어머, 정말이니? 이히히!"

손거울 하나를 들고 시계탑을 나선 작은 요정이 유은혜를 보곤 눈을 방울만 하게 떴다.

"응? 못생긴 여자애! 하고…… 헉! 마스터!"

남자의 모습을 확인한 요정이 경악에 찬 신음을 내뱉었다.

Dungeon Hunter

판데모니엄은 집요했다. 홀로 조용히 있을 때 가장 유의해서 지켜봐야 했거늘. 그러지 못한 게 내 치명적인 실수였다. 덕분에 수차례 기습을 맞고 상처를 입으며 탈진해 버렸다.

그만큼 막대한 피해를 입히는 데 성공했지만, 이만큼이나 준비한 걸 보면 판데모니엄도 내 무력에 대해선 어느 정도 인정을 하고 있는 모양이었다.

하지만, 의식이 날아간 다음부턴 모든 게 희미했다. 언뜻 익숙한 목소리가 들려온 것도 같지만 이미 늦었다고 생각했다.

늦었다고 생각했는데…….

"마스터! 마스터! 엉엉! 이히를 버려두고 죽지 말아요."

"아이고~ 꺼이꺼이! 마스터가 가시면 이히도 따라 죽을

래요!"

"으어어어어엉! 으어어어어어엉! 크흐흐흥!"

귀가 아팠다.

누군가가 옆에서 대성통곡을 하고 있었다.

저도 모르게 입이 열렸다.

"······시끄럽다."

"훌쩍! 훌쩍! 패에에에엥······ 마스터?"

옷깃에 콧물을 털어내던 이히를 손으로 밀쳐 냈다. 잠시 인상을 찌푸린 채 자리에서 일어나자 마지막으로 본 배경과는 전혀 다른 장소가 시야에 들어왔다.

"이히, 이곳은 시계탑인가?"

"예, 이히가 옮겼어요. 그리고 그 나쁜 계집애는 이히가 묶어뒀어요."

이히가 언제 울었냐는 듯 허리에 손을 얹었다.

"누가 있었나?"

"그 있잖아요. 못생긴 계집애. 이히의 기억으론 이름이 유 어쩌구였어요."

'유'라는 글자 하나만 가지고 추리를 하기엔 부족한 감이 많지만, 나는 곧 그게 '유은혜'임을 확신했다. 꿈결에 들려온 목소리가 유은혜의 것이었기 때문이다.

"지금 유은혜는 어디 있지?"

"저~ 옆방에요. 이히가 꽁꽁 묶어뒀어요. 저 나쁜 계집애가 마스터를 습격한 거죠?"

나는 자리에서 일어나 옆방으로 향했다. 방을 나서자 오스웬이 문 앞을 지키며 서 있었다.

"황제 폐하, 기침하셨습니까?"

"돌아왔군."

"요정님에게 급히 돌아오라는 전갈을 받아서 말입니다. 그나저나 판데모니엄이 지독한 수를 썼나 보군요. 황제 폐하를 이 정도로 몰아넣다니······."

오스웬은 나를 몰아넣은 상대가 판데모니엄이라고 이미 결론짓고 있었다. 나는 작게 고개를 주억이며 옆방으로 향했다.

그러자 유은혜가 발가벗겨진 채 허공에 쇠사슬로 결박되어 있는 모습을 확인할 수 있었다.

"······요정님이 착각하곤 우기셔서. 저로선 막을 수가 없었습니다."

오스웬이 씁쓸하다는 기색을 비치며 말했다.

아무래도 내가 기절한 데 유은혜가 크게 일조했다고 이히는 착각하고 있는 듯싶었다. 그래서 혹시 몰라 유은혜를 저렇게 결박해 놓은 것이다.

나는 작게 혀를 차며 방 안으로 들어갔다. 그리고 일일이

쇠사슬을 풀었다. 바닥에 떨어지려는 유은혜를 붙잡고 눕혔다.

이후 마법 주머니에서 물약 하나를 꺼냈다.

엘릭서!

죽지만 않으면 치료할 수 있다는 희대의 물약.

하지만 그것도 어느 정도 선까지라는 걸 나는 확인할 수 있었다. 판데모니엄의 기습이 있고 엘릭서를 마셔봤지만 그다지 효과가 없었던 탓이다.

내가 초월자가 된 것과 엘릭서의 효과 사이에 무슨 관계가 있는 게 분명했다.

어쨌거나, 내겐 효과가 없으니 딱히 필요가 없는 물건이었다. 나는 거리낌 없이 유은혜의 입가에 엘릭서를 부었다.

"콜록!"

유은혜가 기침을 하며 정신을 찾았다. 그러나 나는 엘릭서를 들이붓는 걸 멈추지 않았고 유은혜는 눈만 동그랗게 뜬 채 그것을 마실 수밖에 없었다.

'근원이 많이 상했군.'

이곳까지 오며 근원의 마력까지 몽땅 사용한 것 같았다. 엘릭서라면 그 근원의 마력을 상당히 회복시켜 줄 것이었다.

엘릭서를 모두 붓고는 유은혜의 배 위에 손을 올렸다. 마력의 순환을 돕기 위함이다. 텅 빈 장소에 억지로 마력이 채

워졌으니 부작용이 날 가능성이 컸다. 하여 내가 마력을 부드럽게 감싸주고 반죽해 줄 필요가 있었다.

한 시간가량을 그 자세로 가만히 있었다. 이후 적당히 덮을 것을 내어주고 자리에서 일어났다.

"돌아가라. 이곳은 네가 있을 장소가 아니다."

"저……."

유은혜가 뒤에서 목소리를 높였지만, 나는 멈추지 않았다. 왜 다시 돌아온 것인지 솔직히 이해도 되지 않았다.

이윽고 나는 방 밖에서 오스웬에게 눈길을 줬다. 오스웬은 고개를 끄덕였다.

오스웬이라면 유은혜를 경계의 바깥까지 어련히 잘 데려다줄 것이다.

'내 마력도 얼추 회복되었군.'

목을 양옆으로 한 차례 움직였다. 뼈 소리가 나며 근육이 풀렸다.

그 뒤 황제의 검과 분노를 챙기고 시계탑을 내려갔다.

"마스터, 몸을 더 추슬러야 돼요!"

이히가 즉시 따라붙었지만 나는 아랑곳하지 않고 말했다.

"전황을 살펴야겠다."

내가 쓰러지고 하루가 더 지난 듯싶었다. 그사이 양상은 크게 변해 있었다.

우선, 아리엘 디아블로가 우파 블레넌의 뒤를 완벽하게 잡았다. 무슨 뜻이냐면 내가 만들어 놓은 빈틈을 용케 알아차리고 우파의 군세를 반으로 쪼개 버린 것이다.

판데모니엄과 천족의 전투도 마찬가지였다. 판데모니엄은 상당수의 전력을 내게로 돌렸고 거의 성공할 뻔했다. 전력에 구멍이 났고 하쉬가 포착하여 역공을 가했다. 덕분에 전장은 더욱 아수라장이 되어 있었다.

'판데모니엄도 기습이 실패했음을 알게 되었겠지.'

쉐도우 헌터는 집요했다. 별것 아닌 마수지만 숫자가 많아지자 상대하기가 까다로웠다. 게다가 개조된 마족들은 재생 능력이 극대화되어 좀처럼 죽지 않았다.

모두 멸하는 데 성공했지만, 나도 그만한 타격을 입었다.

쓰러진 나를 데려온 게 유은혜라는 것도 알았다. 그러나 그에 따른 고마움은 별로 없었다. 왜 사지로 되돌아온 것인지 도무지 이해가 되지 않았다. 그야말로 아슬아슬한 줄타기를 한 것이다.

'머지않아 승패가 갈릴 것이다. 그 틈에 희망을 터뜨린다.'

승리를 확신할 때가 가장 방심하게 되는 순간이다. 패자는 다른 데 신경을 쓸 수가 없다. 그러니 그사이에 희망을 터뜨린다면 최대의 피해를 입힐 수 있을 터.

판데모니엄의 기습은 끝났다. 그는 현재 천족을 막는 데에도 급급했다. 나를 암살하는 데 성공했다면 반 이상 목적을 이룬 것이겠지만 실패했으니 앞으로 판데모니엄이 건질 건 그다지 없었다.

줄어든 군세로는 우파나 아리엘조차 잡아먹지 못한다. 지리멸렬한 미래만이 기다리고 있을 뿐이다.

'판데모니엄, 네놈은 나를 노리면 안 되었다.'

만약 그만한 전력을 그대로 놔두고 천족을 상대했다면, 오늘 벌써 승패가 갈렸을 수도 있었다. 판데모니엄의 압도적인 승리로 말이다. 그렇다면 더욱 많은 이득을 취했을 게 분명했지만 실패했으니…… 후회해 봤자 늦다.

나는 다시 지하로 향했다. 더는 습격이 없으리란 확신을 가지고서.

다시 밤하늘에 달이 떴을 때, 승패가 갈렸다.

"크흑!"

아리엘 디아블로가 바닥에 무릎을 꿇었다. 입가에 혈선이 그려졌고 온몸이 만신창이였다. 우파도 비슷한 모습이긴 했지만 조금 더 여유가 있었다.

"비겁한 놈!"

아리엘은 이를 갈았다. 길을 뚫고 역전의 발판을 마련했지만 역시나 숫자의 절대적 차이는 어찌할 수가 없었다. 여태 껏 어찌 버티던 은색의 기사들이 단번에 쓰러졌다. 그 틈으로 마수들이 몰려와 아리엘을 공격했다.

자고로 숫자 앞에 장사 없는 법이다.

아리엘은 강했지만 상대도 마찬가지였다. 우파와 마수들이 더해지자 체력의 소모가 극심했다. 결국 우파는 아리엘을 무릎 꿇리는 데 성공했다.

"허억……. 빌어먹을 년, 이 역시 나의 힘이거늘. 비겁을 운운해?"

실상 우파의 상태가 더 심하면 심했지 덜하진 않았다. 아리엘이 약간 앞서는 상태로 몇 날 며칠을 싸웠고 그간 상처가 누적된 탓이다. 그래도 최후에 서 있는 자는 우파였다.

물론 엄청난 피해를 입긴 했다. 수십만이었던 마수가 눈에 띄게 줄어 있었다. 고작 5만 안팎이나 될까? 휘하 마족도 상당 수 잃었다.

"깔끔하게 죽여주마. 우리의 악연을 끝낼 때가 되었다."

우파와 아리엘은 마계에서부터 사이가 지극히 안 좋았다. 지금, 드디어 그 악연의 사슬을 끊을 때가 된 것이다. 어찌 기쁘지 않겠는가. 우파의 입가에서 웃음이 떨어지질 않았다.

아리엘은 애써 일어나 상아검을 들었다. 대동한 대부분의 마수와 휘하 마족이 죽었다. 몇몇은 탈출시킬 수 있었지만 아리엘은 빠져나갈 수 없었다. 다른 놈들이 탈출해도 신경 쓰지 않고 우파가 아리엘만큼은 집요하게 노려왔기 때문이다.

빠져나가긴 힘들 듯했다. 그래도 싸우다가 죽는다면 조금은 낫다.

마왕의 적통.

진정한 마왕의 피를 지닌 그녀이지만 언제나 승자일 수는 없었다.

"무기를 들어라, 우파 블레넌. 우리가 대화를 나눌 만큼 친한 사이였던 건 아니지 않나?"

아리엘이 비릿하게 웃었다. 그 웃음이 우파는 여간 마음에 들지 않았다.

"끝까지 입만 살아서는……. 오냐, 그렇다면 세상에서 제일 참혹하게 죽여주마."

우파가 태풍을 소환했다. 검은 구도 수십 개를 나열했다. 한 번에 모든 걸 걸어서 끝장을 내겠다는 태도였다.

이윽고 둘은 부딪혔다.

그리고…… 부딪히는 동시에, 온 세상이 하얀빛에 휩싸였다.

판데모니엄은 천족의 본진을 공격했다. 난전으로 끌고 가기엔 병력이 부족했고 단번에 적의 기지를 쓸어버리고자 마음먹은 것이다.

하지만 천족의 본거지라 여긴 장소엔 피라미들뿐이었다. 좌천사는 자신이 죽였으나 가장 중요한 지천사가 보이지 않았다.

"대체 어디를 간 거지?"

판데모니엄이 인상을 구겼다.

자신이 오리라는 걸 알아차렸나?

아니다. 그럴 리 없다. 계획은 완벽했다. 아주 조금씩 마수를 빼내 눈치채지 못하게끔 포위했다. 먼저 알아차리고 빼내는 건 미래를 읽지 않고서야 불가능하다.

그렇다면…… 원래부터 빠질 계획이었나?

대체 왜?

무슨 이유로?

판데모니엄의 머리가 빠르게 회전했다.

지천사뿐만이 아니라 주요 천족들 또한 보이지 않았다. 계급이 높은 천족들만 자리를 내뺐다는 말. 보통 이런 경우는 패배가 확정되었을 때가 많았다.

하지만, 천족은 대등했다. 크게 밀리지 않았다. 충분히 해볼 만한 싸움이었거늘, 벌써부터 발을 뺄 필요가 있단 말인가?

고심의 고심을 이어갔다. 마땅한 답은 나오지 않았다. 그러나 잠시의 시간이 지난 뒤에는 왜 그랬는지를 알게 되었다.

세상이 환해졌다. 백색의 마력이 주변을 좀먹었다.

이 느낌…….

'빠져나가야 한다!'

본능이 경고했다.

위험하다고!

이 흰색의 빛은 결코 정상적인 게 아니라고!

그러나 이미 한발 늦었다.

빛은 순식간에 그리니치 천문대 반경 수천 ㎞를 좀먹었다.

나 역시 폭발에 휩쓸렸다.

내가 미리 발을 빼지 않은 이유는…… 대공들을 이곳에 꽁꽁 묶어두기 위함이다.

그들은 시계탑을 중점으로 감시의 눈을 깔았다. 내가 이곳에 있는 걸 몇 번이나 확인하고 또 확인했다.

섣불리 움직일 수 없는 상황. 이러한 상황 속에서 그리니치 천문대를 벗어났다간 위험을 느낀 대공 중 누군가가 빠져나갈 수도 있었다.

그물을 튼튼하게 하기 위해선 내가 필요했다.

변신을 시킬 수도 있겠지만, 판데모니엄이 나를 습격한 걸 보고 깨달았다. 그 정도로 속아 넘어가진 않을 터였다.

위험한 도박.

나는 그리니치 천문대에 설치한 마력 증폭의 진 위에 희망을 설치했다. 폭발의 범위가 두 배 이상 넓어지고 파괴력 역시 강해진다는 계산이 나왔다. 말인즉, 어지간한 마수와 마족은 휩쓸린 즉시 분해되어 소멸된다는 의미다.

'보다 확실을 기하기 위해서지.'

그냥 희망을 터뜨리면 범위가 좁다. 이동 스크롤을 통해 빠져나갈 가능성이 있었다. 파괴력도 생각만큼 안 나와서 상상 이상으로 많은 숫자가 살아남을 수도 있었다. 그래서 이런 도박을 건 것이다.

언제나 모험은 필요한 법이었다. 나는 중요 마수들을 일제히 대피시키고 이히도 던전으로 복귀시켰다. 희망의 폭발이 이히에게도 영향을 끼칠지 모르는 일이었다.

콰아아아아아아아아앙!

이윽고 폭발이 일어났을 때, 나 역시 전장에 있었다.

대공들은 갑작스러운 흰색의 빛이 세상을 좀먹자 우뚝 멈춰 섰으며 그게 끝이었다.

피부가 녹아내리듯 조금씩 분해되기 시작했다. 대공이나 공작쯤 되면 위험을 느끼고 재빨리 방어할 방법을 궁리하여 펼쳤지만, 그렇지 못한 이들은 눈 깜빡할 사이에 재가 되었다.

'대단하군.'

내 표정이 살짝 일그러졌다.

계산이 틀린 건가?

마력을 대부분 회복했음에도 희망의 폭발력은 상상을 초월할 수준이었다.

내 피부도 녹아내리고 있었다.

이 정도면 폭발의 여파로 많은 숫자가 살아남지는 못할 듯싶었다.

나는 다른 이들보다 희망에 가까이 위치해 있었는지라 그여파가 더욱 강하게 느껴졌다.

……나도 조금은 위험한 것 같았다.

유은혜는 저 멀리서 터지는 백색 섬광을 바라보고 있었다.

"황제 폐하는 무사할 것이오."

그 바로 옆에 오스웬이 있었다.

둘은 백치호를 타고 이동하는 중이었다. 반나절 이상을 이동해 겨우 폭발의 범위를 벗어날 수 있었다.

"느낌이 좋지 않아요. 다시…… 돌아가면 안 될까요?"

"폐하께선 내가 그대를 본래의 장소로 데려다주길 바라셨소. 나는 그 명령을 따라야만 하는 입장이지."

오스웬은 점잖게 말했다.

비록 지금은 끔찍한 마수의 모습을 하고 있지만, 그전에 그는 인간이었다. 철을 다루는 조금 솜씨 좋은 대장장이 말이다. 운 나쁘게 나락군주의 눈에 띄어 이러한 모습이 되었지만, 그래도 인간의 마음을 완전히 잊지는 않았다.

"그나저나 참으로 멍청한 여인이군. 왜 다시 돌아왔소? 황제 폐하를 데려다준 건 고맙지만 그대는 인간이 아니오?"

"그가 말했어요. 자신이 우리의 희망이라고. 그 희망이 제가 생각하는 희망이 맞는지 확인하려고 돌아왔어요."

유은혜는 지체 없이 말했다.

몇 번이나 머릿속에서 생각한 대답이다.

그러자 오스웬은 잠시 입을 닫았다. 그리곤 조심히 열었다.

"그 희망이 맞는 것 같소?"

"예, 그런 것 같아요. 그가…… 우리 인류의 마지막 희망이에요. 아무도 몰라주겠지만."

"허, 황제 폐하의 진면목을 알고도 그리 생각하는 인간은 그대가 유일할 거요. 그럼 앞으로 어쩔 셈이오?"

"모르겠어요. 지금은 모든 게 혼란스러워요. 다만, 주변에 적밖에 없는 그가 너무 가여울 따름이에요."

유은혜는 남자를 동정했다. 왜인지는 모르겠다. 그저 불쌍하다는 마음이 들었다.

오스웬은 어이가 없었다. 이 여자가 미쳤다고밖엔 여겨지지 않았다.

"그렇다면 황제 폐하의 곁에 있는 건 어떻겠소?"

"예?"

"노예의 인장을 찍으시오. 그리하면 황제 폐하는 그대를 온전히 신용하게 될 것이오."

오스웬으로선 막 던진 말에 불과했다.

실제로 오스웬이 황제 폐하라 부르는 남자, 랜달프 브뤼시엘은 그러한 계약이 있어야만 조금이나마 마음을 터놓는 경향이 있었다.

그러는 편이 확실하기 때문이리라.

"……알겠어요. 그러도록 하죠."

"후회할 텐데."

"제가 있으면 그가 세상을 이롭게 하는 데 크게 도움이 될 거예요. 사람들에게도 조금 더 가까이 다가설 수 있겠죠."

"허! 완전 천재적인 발상이로군. 너무 천재적이라 엽기적이기까지 해."

오스웬이 혀를 내둘렀다.

그러자 유은혜가 힘겹게 미소를 띠었다.

"그는 괜찮겠죠?"

"믿으시오."

오스웬은 간결하게 답했다.

둘 사이에 무거운 침묵이 찾아왔다.

곧, 폭발이 멈추고 백색의 빛이 저 멀리서 걷히기 시작했다.

귀가 멍했다. 감각도 얕았다. 시야는 흐릿했으며 전신이
따끔거렸다.

폭발의 여파가 아직 남아 있는 듯했다.

'마력이 증발해 버렸군.'

고개를 저었다. 겨우 회복한 마력이 지금은 채 2%가량도
남지 않았다. 이 정도면 육체를 지탱하는 것만으로도 아슬아
슬하다.

그만큼 육체를 지키는 데 들어간 마력이 어마어마하다는
방증이다. 물론 그 전부터 마력의 잔여량이 많은 편은 아니
었지만…….

나는 고개를 돌려 주변의 경관을 살폈다. 대지 곳곳에 분
화구가 생겼다. 깊게 파인 곳, 낮게 파인 곳, 온통 상처투성
이였다. 하늘의 구름은 전부 걷혔고 궤적 같은 것만 남아 있
었다.

마수들은 증발했다. 뼈 하나 보이지 않았다. 그 많던 시체
도 모두 사라졌다. 그중에는 적지만 최상급 마수도 섞여 있
는 듯싶었다.

'대단하군.'

혀를 찼다.

상상 이상의 파괴력이다.

지형이 바뀌었고 살아남은 이는 나 혼자인가 싶었다.

하지만, 이내 고개를 저었다. 대단한 파괴력이지만 온전히 대공을 죽일 정도는 아니었다. 기껏해야 휘하 마수나 마족들을 멸하는 데 그쳤을 것이다. 공작쯤 되었다면 충분히 육체를 지킬 수 있었다.

물론 본래의 상태가 멀쩡하다는 가정하에.

나는 분화구를 딛고 올라왔다. 내 육신은 가장 깊은 낭떠러지에 위치해 있었다. 녹아내린 대지가 지금도 뜨거웠지만 그럭저럭 버틸 만하였다.

'마법 주머니가 먹통이 됐나.'

도움이 될 만한 아이템을 꺼내고자 마법 주머니에 손을 가져갔지만 말을 듣지 않았다. 폭발이 일어나며 마법적 조치가 취해진 아이템들이 잠시 먹통이 된 듯싶었다.

하는 수 없이 고개를 내저으며 걸었다.

치익. 치이익.

발을 디딜 때마다 바닥이 녹았다. 마치 용암처럼 대지가 불타며 녹고 있었다.

촤아아악!

분화구를 거의 올라왔을 때 즈음이었다.

무언가가 날카로운 것에 베이는 소리가 귓가에 들려왔다.

데구르르르!

곧 분화구로 떨어진 그것은 누군가의 머리였다. 내게도 익숙한 존재.

대공 우파 블레넌의 머리였다.

머리가 잘린 채 최후를 맞이한 것이다.

분화구에 전부 올라 나는 우파 블레넌을 처리한 이를 바라봤다.

"빌어먹을 놈."

욕지기와 함께 바닥을 차는 누군가가 있었다.

내 예상대로 아리엘 디아블로였다.

그녀의 주변으로는 수백 마리나 되는 마족과 마수의 시체가 즐비하게 늘어서 있었다. 희망으로부터 살아남은 강자들을 그녀가 모두 죽인 것이었다.

마력의 도움을 거의 받지 않고서 순수한 육체의 힘으로 이뤄낸 성과였다.

과연 웨폰마스터. 모든 무기를 다루는 병장기의 달인다웠다.

"랜달프 브뤼시엘, 내게 용무가 있느냐?"

아리엘 디아블로의 몰골은 말이 아니었다. 그녀의 자랑스러운 뿔의 삼분의 일가량 잘려 나갔고, 어깨엔 누가 후벼 판 듯 깊게 베인 상처가 있었으며, 배 한쪽엔 창이 꼽혀 있었다.

누가 봐도 한계에 달한 모습이다. 지금 내가 검을 들고 아리엘 디아블로를 공격한다면 아주 높은 확률로 끝장낼 수 있을 것이다.

그녀도 그것을 안다. 나 역시 정상적인 상태는 아니지만 그녀는 더욱 심각했다.

"지금이라면 어렵지 않게 끝낼 수 있겠지. 나도 당해주고 있지만은 않겠다만······. 내 휘하의 다른 마족들이 이곳에 당도하기 전까지 끝내는 게 좋을 것이다."

나는 어깨를 으쓱했다.

"다친 야수는 건들지 말라고 하더군."

가능성은 높지만, 나도 마력을 거의 상실했다. 게다가 순수한 검술 실력에서 그녀는 나보다 몇 수 앞서 있었다. 지금 상황에서 상처를 크게 입었다간 나도 무사하리란 보장이 없었다.

물론 시간이 지날수록 아리엘 디아블로는 약화될 것이다. 자연적으로 치유되기엔 상처가 너무나 많았다. 가만히 지켜보다가 쓰러지거든 죽여도 늦지는 않는다.

하지만······ 그녀의 원군이 빠르게 도착할 것이었다. 그리니치 천문대에 가장 먼저 입장한 게 그녀이지만 그녀의 휘하 마족이나 마수는 띄엄띄엄 도착했기 때문이다.

만에 하나의 상황을 대비하여 한 번에 들이지 않은 듯싶었고, 그건 아주 현명한 판단이었다.

"후후, 생각보다 너는 겁쟁이인 것 같구나."

"멀지 않은 시기에 너와 정상적인 환경에서 맞붙을 날이 올 것이다. 굳이 확실하지 않은 일을 재촉하고 싶지는 않을 뿐이다.

"그런 것을 겁쟁이의 변명이라 하지."

대놓고 도발이었다. 그녀도 태생적으로 약한 소리를 못하는 마족이기 때문이다. 아무리 고귀한 혈통을 타고났대도 본능은 어쩔 수가 없었다.

피식 웃으며 나는 아리엘 디아블로의 눈을 바라봤다.

"마계에서 무슨 일이 일어났지?"

이것만큼은 알아야겠다. 대공들이 본래 모인 이유. 갑작스러운 천족의 침입과 전투로 일이 어그러졌지만 그 경위를 듣고 싶었다.

아리엘은 눈살을 찌푸렸다. 그러다가 한 방 맞은 듯 작게 미소 지었다.

"네놈, 이제 보니 네놈에겐 특수 퀘스트가 전달되지 않은 것이냐?"

"비슷하다고 해두지."

"하하! 쿨럭⋯⋯! 제대로 한 방 맞았군. 오냐, 특별히 알려주마. 지금 마계를 휘젓고 다니는 아주 흉흉한 놈이 하나 있다고 했다."

"너희 대공들을 위협할 정도로 강력한 녀석인가?"

"내 세력의 절반은 놈에게 먹혔다고 들었다. 우파도, 판데모니엄도…… 마계에 존재하는 오쿨루스의 세력은 완전히 궤멸되었지."

뭐라고?

나는 잠시 대답을 하지 못했다.

미간만 찌푸린 채 생각을 정리하고 있었다.

"마계에 그만한 세력이 있다면 내가 모를 리가 없을 텐데?"

이어 믿기지 않는다는 듯이 말했다.

마계는 본래 4등분 되어 있었다. 아리엘, 우파, 판데모니엄, 오쿨루스가 대공으로서 마계를 정확히 4등분하는 중이었다.

그런 상태만 수백, 수천 년을 이어왔다.

한데 고작 몇 년 자리를 비웠다고 저만한 타격을 받는다?

말도 안 된다. 불가능한 일이다.

"세력조차 아니니라. 놈은 단 하나에 불과하다."

"하나? 신이라도 된다는 건가?"

"아주 먼 과거 신이 되려고 했던 자이지."

아리엘은 침착했다. 이런 일이 일어나도 그럴 수 있다는 것처럼 말하고 있었다. 내가 인상을 구기자 아리엘이 피식거리며 이어서 말했다.

"랜달프 브뤼시엘, 네놈은 그림자 황제를 아느냐?"

그림자 황제.

나락군주.

그를 부르는 여러 가지 수식이 있지만, 아리엘의 입에서 그 이름이 튀어나올 줄은 상상도 못했다.

아리엘은 살짝 답답하다는 듯 인상을 구겼다.

"나도 정확한 내용은 모른다. 그저 퀘스트의 내용이 그러한 것들이 쓰여 있었을 뿐이지. 하지만 그림자 황제라면 조금 알고 있노라. 그리고 마계에 그림자 황제가 진실로 존재한다면 여간 골치 아픈 일이 되겠지."

아리엘은, 아리엘뿐만이 아니라 다른 대공들도 그림자 황제를 알고 있는 듯싶었다. 그의 무서움을 알기에 바삐 행차한 것이다. 아니었다면 이처럼 빠르게 모여들었을 리가 없다.

과연 그런 이유였나.

나는 잠시 다크 엘프 하이어 쉴라를 떠올렸다. 본래 크리슬리의 친모인 그녀이지만 동상이 된 채 마계 옥션에 나타났다. 얼음으로 꽁꽁 싸여 있었고 강력한 저주의 마력이 느껴졌다. 천하의 오스웰도 아직 그 얼음을 녹일 방법을 찾지 못했다.

그러면서 내가 가진 마력과 흡사하다는 소리를 늘어놨다. 정확히 말하자면 그림자 황제의 그것과 굉장히 비슷한 힘이었다. 그로인해 그림자 황제가 마계에 있을 수도 있다는, 그런 생각을 해보기도 했지만 그럴 가능성은 극히 낮았다.

이미 죽은 자가 어찌 마계에 있을 수 있겠는가!

그런데 지금, 아리엘은 마계에 그가 있다고 말한다. 나락 군주가 마계에서 대공들의 세력을 집어삼키며 힘을 기르고 있다는 것이다. 쉽사리 믿을 수 있는 이야기는 아니었다.

"그림자 황제, 나는 놈을 본 적이 없다만, 판데모니엄이라면 봤을 수도 있을 터다. 어쨌거나 그 이상으로 오래 산 마족은 마계에 없으니 말이다. 언제고 판데모니엄은 '필멸자 중 가장 강한 자는 그림자 황제다'라는 말을 한 적이 있었다. 대공 모두가 달려들어도 겨우 맞수를 이룰 수 있을 것이라며. 정말 말도 안 되는 이야기였다. 우리는 그가 인간임을 알고 무시했지. 어차피 신들에 의해 처형당해 볼 수 없는 자이니. 그러나…… 기억하고 있었다. 다름이 아닌 판데모니엄이 누군가를 인정한 건 처음 있는 일이었노라. 어찌 기억하지 못할 수 있을까."

"그래도 납득이 되지 않는군. 놈이 설령 되살아난들 어찌 마계를 혼자 접수할 수 있지?"

나락군주가 준비한 힘.

지저 세계는 내가 이어받았다.

놈의 보물 창고는 여전히 그대로 있었다.

그가 무슨 세력이 있어서 마계를 홀로 주무를 수 있겠는가.

신이라도 되지 않는 한, 설령 신이 되더라도 의아할 정도였다.

"특수 퀘스트엔 앞으로 1년 이내에 마계가 점령당할 것이라 했노라. 우리는 게임에 참가했고 마계의 상황을 알 수 없어 발만 동동 구르는 처지였지. 오로지 너만이 그 문제를 해결할 열쇠를 가지고 있다고 했다."

문제를 해결할 열쇠?

마계로 돌아간다는 그런 뜻인가?

어쩐지 아닌 것 같았다. 그렇다면 나를 통해 마계로 올라가 그림자 황제를 막으란 퀘스트가 나타났을 것이다.

"하지만, 그것도 끝난 일이지. 내 주력 부대를 잃었고, 우파는 죽었으며, 판데모니엄도 정상은 아니다. 그리고 판데모니엄의 말이 사실이었다면, 놈은 이제 그림자 황제를 막으려들지 않을 터. 나 혼자 놈을 막기는 역부족이다. 그럴 바엔 차라리 이곳에서 힘을 기르는 게 나을 수도 있을 것이다."

대충 알아들었다. 아무래도 아리엘 디아블로는 그 방향으로 노선을 정한 듯싶었다. 네 명의 대공이 모든 마수를 이끌고서 마계에 도착했다면 얘기가 다르겠지만 지금은 가 봤자 이길 수 없다고 판단한 것 같았다.

"후후, 그러니 지금 당장 나를 처리하지 않으면 훗날 아주 귀찮아질 것이다."

"귀찮기로 따지자면 판데모니엄이 위다."

턱을 쓸며 시선을 옮겼다. 판데모니엄은 어디에도 보이지 않았다. 죽었을 것 같지는 않고, 먼저 빠져나간 듯싶었다.

놓쳤다…….

아쉬운 마음이 들었다.

나를 습격한 놈의 면상에 칼침을 꼽고 싶은 마음이 굴뚝같았지만, 어쩔 수 없이 다음으로 미뤄야 할 것 같았다.

"그건 그렇겠군."

아리엘 디아블로도 동의했다. 아무리 귀찮아 봐야 판데모니엄만 못할 것을 인정하는 모양새다. 하기야 우파보다 어떤 의미로 귀찮은 게 판데모니엄이다. 놈은 능구렁이였다.

나는 등을 돌렸다.

아리엘이 이곳에서 죽을 것 같지는 않았고, 그녀의 휘하 마족이 이곳에 당도하기 전에, 먼저 빠져나간 판데모니엄이 손을 쓰기 전에 이곳을 빠져나가는 게 상책이었다.

'우파가 죽은 걸 판데모니엄이 알고 있다면 바로 움직이 겠지.'

여기서부터는 시간 싸움이다.

나는 이미 우파의 던전을 야금야금 먹는 중이었으나, 여기에 판데모니엄이 합세하면 일이 귀찮아진다.

일을 더욱 빨리 진행할 필요가 있었다.

'나락군주, 그림자 황제라…….'

길을 걸으며 마계에 있을 놈에 대해 생각했다.

소멸된 줄 알았다. 심장 역시도 내게 있었다. 지금도 빠르게 뛰는 이 심장은 누가 뭐래도 나락군주의 것이었으니 말이다.

놈은 진짜 나락군주일까?

아니면 누가 나락군주의 행세를 하는 걸까?

'1년.'

특수 퀘스트엔 1년이라 명시되어 있었다. 그 안에 내가 마왕이 되어 마계로 돌아간다면 놈을 만나게 될 것이다.

아니면…… 놈이 이곳으로 오는 경우의 수도 조금은 생각해 둬야 할 것 같았다.

Chapter 72

신

Dungeon Hunter

쟁탈전의 서막이 열렸다. 대공 우파의 부재는 다른 이들에게 커다란 기회를 제공했다. 약해진 세력을 보강하고 우파가 이룩한 업적을 가로챌 절호의 기회.

나는 누구보다 발 빠르게 움직였다.

막시움을 필두로 우파의 던전을 휩쓸었다.

무작정 집어삼키면 관리하는 데 문제가 생기지만, 지금은 그런 걸 따질 처지가 아니었다. 아리엘이나 판데모니엄이 우파의 던전을 차지하는 것보단 관리가 허술해도 내가 갖는 게 훨씬 나았다.

세 대공은 간간히 부딪치며 우파의 던전을 차례차례 지배해 나갔다.

인간들도 대대적인 움직임을 보이기 시작했다. 우파의 부재를 그들 역시 아는 듯싶었다. 보다 많은 각성자를 준비하고 던전 하나를 정복하는 데 성공한 것이다.

던전 코어. 인간들에게 있어선 굉장히 유용한 에너지원이다. 그리고 던전 하나가 사라졌다는 건 새로운 영웅이 한 명, 어쩌면 그 이상 출현할 수 있음을 의미했다. 던전에서 인간이 유용하게 활용할 수 있는 부산물은 차고 넘쳤다.

하지만 인간의 활동이야 내가 크게 신경을 안 써도 될 부분이었다. 내가 바라는 건 남은 대공들이 우파의 던전을 흡수하지 못하게 하는 것이었다. 인간들이 던전을 파괴하면 그 또한 같은 맥락에서 이해가 일치한다고 할 수 있었다.

하여, 나는 한국의 각성자들을 부추겼다. 기린과 성군으로 정해진 '에드워드 윈저'를 필두로 던전 정복에 나서게 만들었다. 성군이 정해지며 얻은 칭호와 버프는 에드워드 윈저를 인류 최강의 각성자로 치켜세웠다.

한국은 세계의 어느 인류 국가보다 안전했고 강자가 많았다. 몬스터 웨이브 또한 그다지 일어나지 않았으며 안정적으로 던전에서 자원을 얻어낼 수 있었다.

에드워드가 본격적인 행보를 시작하자, 그로 인해 해외의 수많은 난민이 한국으로 들이닥쳤다.

희망이 터지며 인류는 진정으로 희망을 얻었다. 그중 가장 주목받는 게 한국이었다. 한국은 놀라울 정도로 빠르게 회복하고 성장하는 중이었다.

그리고 나는…… 판데모니엄을 압박하는 데 최선을 다하고 있었다.

아프리카에서 아시아까지가 판데모니엄의 주 무대였다. 대부분의 휘하 마족이 이곳에 존재했고 탄탄한 성처럼 세력을 굳세게 지탱하고 있었다.

누구보다 강력한 유대, 우월한 정보력으로 아프리카에서 아시아까지 모든 영역을 거미줄처럼 엮어냈다.

북아메리카를 차지한 아리엘 디아블로와 남아메리카를 차지한 우파 블레넌이 피 튀기는 전쟁을 벌일 때, 그는 유유자적 힘을 쌓을 수 있었다. 아리엘과 우파의 싸움이 끝이 나면 그가 새로운 강자로서 부상하게 될 것이었다.

하지만 그것도 과거의 이야기다.

그리니치 천문대에서 그는 막대한 손실을 입었다.

본래 가진 군세의 절반에 해당하는 손실이었다.

우파는 죽었고 아리엘의 피해는 그다지 막심하지 않았다. 하여 희망의 여파로 가장 많은 피해를 입은 게 판데모니엄이었다.

그리고 아프리카 이집트는 판데모니엄의 휘하 마족 중 가장 세력이 강성한 공작 베일라가 주둔하는 곳이었다.

그리니치 천문대에 대공들이 모일 때, 참여하지 않은 마족 중 하나이기도 했다. 혹시 몰라 후방에서의 지원을 맡았던 것이다.

당연히 공작 베일라는 판데모니엄의 세력 중 가장 강한 힘을 간직하고 있었다.

"나의 던전 마스터시여."

이집트. 모래바람만 휘날리는 너른 대지.

크리슬리가 내 발치에 엎드려 다음 명령을 기다렸다.

나는 시선을 들었다.

십만에 달하는 마수가 질서정연하게 정렬해 있었다.

모든 포인트와 업적 점수를 아끼지 않고 사용한 결과였다.

본래 이 두 배에 달하는 군세를 가지고 있지만 나머지는 던전을 지키거나 막시움에게 배정해 주었다. 우파의 던전을 차지하는 것도 못지않게 중요했기 때문이다.

그리고 크리슬리의 곁에 3m에 달하는 거구의, 인간과 흡사한 외견을 가진 대머리 마수가 있었다.

'진화된 호문쿨루스.'

구스타르테를 연구하며 실마리를 잡은 가파람의 결과물이다. 신의 육체를 직접 재조명함으로써 가파람의 생명마도 실력은 몇 수나 상승했다. 그가 만든 이 결과물 역시도 웬만한 최상급 마수를 씹어먹을 정도로 강력했다.

재료와 시간이 들어가 대량 생산은 하지 못하지만, 이런 마수가 조금만 더 추가된대도 상당한 힘이 되어줄 터였다.

나는 다시 시선을 돌려 말했다.

"준비는?"

"끝났습니다."

고개를 주억였다.

크리슬리가 끝났다고 한다면 정말로 끝난 것이다.

나는 진홍빛의 망토를 휘날렸다. 이어 마수들의 사이를 유유자적 걸어갔다.

쿵. 쿵. 쿵.

말은 필요 없었다.

크리슬리를 비롯한 10만의 마수가 조용히 나의 뒤를 따랐다.

연이은 승리가 계속되었다. 판데모니엄, 놈은 수비에 급급했다. 아리엘 디아블로마저 약속이라도 한 듯 판데모니엄을 압박했으니, 아무리 그라도 정신이 없을 수밖에 없었다.

판데모니엄의 휘하 마족이 가진 던전의 절반 정도를 지배한 시점이었다. 내 군세는 20만에서 28만으로 늘어났고 상급 이상의 마수도 천을 넘겼다.

나는 여기서 한 차례 숨 고르기를 시도했다. 군세를 재정비하며 그간 미뤄둔 일들을 처리하고자 다짐한 것이다.

오랜만에 한국의 던전으로 돌아온 이후, 마법 주머니에서 나는 다섯 개의 조각을 꺼냈다.

크리슬리, 타쉬말, 하쉬, 유은혜, 에드워드 윈저가 고급 수련의 방에서 하나씩 가져온 물건들. 그것들은 하나의 퍼즐처럼 나뉘어 있었다.

나는 나눠진 퍼즐 조각을 하나로 모았다.

[균형의 조각, 깨달음의 조각, 성장의 조각, 믿음의 조각, 용맹의 조각이 하나로 합쳐집니다.]

[해석 중…….]

[다섯 개의 조각은 다섯 가지 균형을 의미합니다.]

[해석 중…….]

[조각이 합쳐지며 하나의 씨앗으로 변형됩니다.]

['창조의 씨앗'을 획득했습니다. 창조의 씨앗은 진정한 '신'의 자격을 얻기 위해 필요한 아이템입니다. 씨앗에서 태어난 종족은 모두 씨앗의 주인에게 귀속됩니다. 창조자는 그들의 신이 되고 그들을 이끌 책임을 갖게 됩니다.]

턱을 쓸었다.

'창조의 씨앗이라.'

예상외의 결과물이었다. 그리고 이내 납득했다.

이것은 나락군주가 의도적으로 '숨겨놓은' 아이템이리라고.

자신이 부활하며 신위를 얻었을 때, 오로지 자신만의 종족을 창조할 생각조차 그는 가지고 있었던 것이다.

그리하여 진정한 신으로서 거듭날 계획을 가지고 있었다.

얇게 미소 지었다. 당장은 쓸모가 없어 보이지만 신의 격을 갖는 데 필요한 아이템이라니. 이런 게 있다는 것도 지금처음 알았다.

'근원의 나무.'

그때 불현듯 근원의 나무가 떠올랐다. 근원의 나무는 내가자격을 갖추길 바라고 있었다. 나를 시험하고 그림자를 내보이며 나 스스로가 완벽해지길 바랐다.

완벽!

완벽이란 무엇인가?

흔히들 진정으로 완벽한 존재는 신밖에 없다고 한다.

그렇다면 근원의 나무는 내가 신이 되길 바란 걸까?

나는 자리에서 일어났다. 창조의 씨앗을 보고 근원의 나무가 무슨 대답을 내릴지 퍽 궁금했기 때문이다.

근원의 나무.

던전의 중심부에 자리 잡고 뿌리를 길게 내린 거대한 나무.

나는 녀석의 근처로 다가갔다. 그러자 기다렸다는 듯 줄기들이 내 주변을 감쌌다. 나는 아무런 적대심 없이 줄기들을 받아들였고, 곧 근원의 나무가 가진 내부 의식 속으로 빨려 들어갈 수 있었다.

어두운 공간.

작은 빛이 나타났다.

빛은 곧 나와 같은 모습이 되었다.

"오랜만이로군."

쉐도우 헌터와 대치한 지긋지긋한 기억이 떠올랐지만, 애써 털어냈다.

지금 내 눈앞에 있는 분신은 과거 근원의 나무가 나를 각성시키고자 만들어낸 허상이었다.

허상이었고, 다른 의미에선 본체였다.

전에는 몰랐으나 이제는 안다.

저 그림자가 바로 근원의 나무 자체라는 것을!

"깨달으셨군요."

"여기는 너의 의식 세계인가?"

"맞습니다. 가장 근원과 근접한 장소가 이곳입니다."

나와 똑같이 생긴 녀석이 스스럼없이 말하고 있었다. 나는

녀석이 근원의 나무라는 걸 알았기에 개의치 않으며 이어서
말했다.

"이게 무엇인 지 알아보겠나?"

나는 가장 먼저 창조의 씨앗을 꺼냈다. 말이 씨앗이지, 그
모습은 손금 하나 정도로 작은 크기였지만 마치 인간의 태아
와 비슷했다.

"신의 자격을 증명하는 것들 중 하나이지요."

과연.

근원의 나무는 이게 무엇인지 알고 있는 듯했다.

"그렇다면 지금 내가 신이 될 수도 있다는 소리로군."

그러자 근원의 나무가 고개를 저었다.

"아닙니다. 그러기엔 신성…… 신의 격이 부족합니다. 그
러나 아주 미약한 수준에 불과합니다. 그리고 그것을 채울
방법이 바로 근처에 있지요."

"근처에 있다?"

나는 고개를 갸웃했다. 신성, 자신의 격이란 쉽사리 올릴
수 있는 게 아니다. 한데 근원의 나무는 내가 마음만 먹으면
그 정도는 채울 수 있다는 듯이 말하고 있었다.

이윽고 근원의 나무가 웃는 듯한 표정으로 입을 열었다.

"중급 신의 육체를 소유하고 계시지 않습니까?"

"구스타르테……."

작게 중얼거렸다.

구스타르테를 포획하는 데 성공했지만 무엇 하나 정해지지 않았다.

크리슬리의 마도 실력이 일취월장하고 있었고, 가파람도 덕분에 호문쿨루스를 거의 완성했다. 하지만 그게 전부였다.

"이미 한 번 필멸자의 손에 들어간 신입니다. 신의 격이란 얻기는 어렵지만 잃기는 쉬운 법. 방향을 잃고, 좀처럼 깨어나는 일은 없겠지요. 달의 화살을 이용해 신의 의지를 다시 한 번 깨울 수는 있어도 방향을 잃은 신이 어디로 향할까요?"

이면 세계에서 만난 0001과는 사뭇 다른 의견이다. 0001은 달의 화살이 고장 난 것을 고쳐 줄 것이라고 말했다. 반면 근원의 나무는 그래 봤자 이미 늦었다고 말한다.

"제법 잘 알고 있군."

"공허는 신이 되려다가 실패한 자들이 향하는 장소입니다. 그리고 근원은…… 신의 격을 잃은 자들이 향하는 곳입니다. 구스타르테의 영혼은 이미 반쯤 근원에 걸쳐 있습니다."

근원의 나무가 하는 말은 전혀 알지 못한 사실이었다.

하지만, 의문이 들었다.

"너는 누구지?"

"근원의 관리자. 근원의 나무는 모두 제게로 통하게 되어 있습니다. 제가 하는 일은 신의 격을 잃은 신을 이곳으로 이끌고 새로운 신의 후보를 만드는 것입니다. 그리고 저는 지금 새로운 신의 탄생을 지켜보고 있지요."

근원의 나무, 아니, 근원의 관리자는 숨기지 않았다. 있는 그대로 솔직하게 말했다.

신. 아무래도 근원의 나무가 말하는 게 나인 모양이었다.

나는 미간을 좁혔다.

"그래서, 구스타르테를 흡수해라?"

근원의 관리자가 살짝 고개를 숙였다.

"모든 건 신의 뜻대로."

녀석은 이미 나를 신 그 자체로 여기고 있는 것 같았다.

신의 격을 얻고 창조의 씨앗을 터뜨리면 진정한 신이 된다니.

확실히 구미가 당기는 제안이었다.

신이 되어 그만한 격을 소유하면 마왕의 자리는 가볍게 여겨질 것이다. 아리엘과 판데모니엄도 보다 가볍게 꺾을 수 있을 테지.

하지만, 그게 전부라는 생각은 들지 않았다.

"신은 죽어야 될 수 있는 게 아니었던가?"

근원의 관리자가 빙그레 웃었다.

"맞습니다. 신격을 소유하고 자격은 갖춘 이가 죽으면 사후 신으로 추대됩니다."

"그 말은 나보고 죽으라는 소리 같군."

"신이 되는 일은 그만한 가치가 있습니다. 마왕의 자리 따위보다 훨씬 값진 것이지요."

"너의 생각은 잘 알았다."

궁금증이 어느 정도 풀렸다.

나는 감았던 눈을 떴다. 그러자 근원으로부터의 연결이 끊기며 현실로 돌아왔다.

진짜 신위란 육체가 죽고 영혼의 격이 상승하며 얻는 것이었다.

구스타르테.

하나 녀석은 육체를 구성하고 있었다. 육체 자체에 신성이 깃들어 있다는 뜻이다. 그런데도 느끼지 못한 건 필멸자들에게 이용당하며 타락했기 때문이 아닐까.

그럼에도 육체를 구성하는 그것이 신성이라는 건 부정할 수 없다.

'흡수라.'

나는 근원의 나무에서 멀어졌다. 구스타르테를 흡수해서 진짜 신위를 얻는 것. 하지만 그리 되면 현재의 삶을 포기해야만 한다.

신……

생각해 본 적도 없었다.

내가 만난 최초의 신은 마신 데스브링어였다. 데스브링어는 나를 게임의 참가자로서 인정하고 지구로 보냈다. 덕분에 72명의 마족 중 하나가 되어 지금은 대공의 위치까지 올랐다.

그리고 지구의 신들이다. 데스브링어에 비하면 격은 조금 떨어지지만, 72명의 신이 힘을 합쳐 시간의 축을 되돌렸다. 나는 보다 많은 경험을 쌓을 수 있었으며 남들보다 방대한 정보력으로 유리한 고지를 점령했다. 하지만, 나 자신이 신이 되겠다는 발상 자체를 해본 적이 없다.

이내 고개를 저었다. 상상조차 해본 적 없는 일 따위에 흔들릴 내가 아니다.

태어난 그날부터 나의 꿈은 마왕이 되는 것이었다.

그것이 신과 비교가 되느냐고 묻는 이가 있을 수 있지만 각자가 둔 가치는 모두 다를 수밖에 없었다.

내게 있어서 마왕의 자리라는 게 그랬다. 그 자리에 앉아 크게 웃어보는 것이 진정으로 내가 바라는 꿈이었다. 오로지 그 하나를 위해 여기까지 달려왔다. 이제 와서 목표가 달라질 리 만무하다.

죽으면 그게 무슨 소용인가.

신이 되어 전능을 손에 넣는다 해도 마왕의 자리에 앉을 수는 없다. 신들은 시간의 개념 자체가 다르고 어지간한 필멸자들의 일에 개입하지 않는다는 걸 나는 알고 있었다.

근원의 관리자는 나를 신의 차기 후보로 보았지만, 아서라.

'구스타르테의 의지를 깨운다.'

나는 근원의 관리자와는 전혀 다른 생각을 가지고 있었다. 길을 잃은 신이 어디로 향하겠느냐 물었지만 이면 세계에서 만난 0001과는 전혀 다른 의견이었던 것이다. 그래서 나는 당사자를 깨울 생각이었다.

구스타르테가 가진 육체에 대하여 연구가 계속해서 진행되고 있었지만 지지부진했다. 그 정도로 정보는 방대했고 1년, 2년 수준으로 끝나지 않을 듯싶었다.

하지만 시간은 유한하다. 1년 내로 결착이 지어진다면 그다음 내 적으로 나타날 이는 그림자 황제, 혹은 그림자 황제를 사칭하는 강대한 적이었다. 마계를 집어삼킨 그 녀석과의 대결을 준비해야 함이다. 그 시간까지 구스타르테의 육체를 만지작거리고 있을 수는 없는 노릇.

"이히."

"네, 마스터. 부르셨어요?"

내가 던전에 들어온 이후 이히는 항상 근접한 거리에서 대기하는 중이었다. 일전 그리니치 천문대에서 내가 쓰러진 뒤

이러한 현상이 더욱 강화되었다. 언제든지 시야 안에 나를 놔두려는 셈인 것 같았다.

나는 차분하게 말했다.

"가파람에게 전해라. 그간의 연구 성과와 달의 화살을 준비해 놓으라고."

"이히히, 연구에 빠져서 말도 잘 못 듣던데요. 그러면 엉덩이를 걷어차도 되나요?"

"마음대로 해라."

"이히히히!"

이히가 즐겁다는 듯 경쾌히 웃으며 날개를 펄럭댔다.

가파람은 긴장하며 내 앞에 섰다. 어려 보이는 아이의 얼굴 가죽을 쓰곤 한 손에는 연구 자료를, 다른 한 손에는 달의 화살을 들고 있었다.

"연구 성과는 잘 봤다. 훌륭하더군."

성과라 함은 호문쿨루스를 뜻함이다. 실제 전장에서 호문쿨루스의 위용은 대단했다. 공작 베일라의 목을 꺾어버린 것도 호문쿨루스였다.

"아닙니다. 이런 훌륭한 성과를 내도록 도와주신 마스터의 은혜이지요."

가파람이 깊숙이 고개를 숙였다.

그가 나를 존대하듯 말한 건 얼마 되지 않았다. 구스타르테의 육체를 보인 다음부터 가파람은 나를 극진하게 대하기 시작했다. 딱히 말투를 신경 쓰는 편은 아닌지라 개의치 않았지만 가파람 나름으로 나를 받드는 것이다.

"연구에 다른 진전이 있었나?"

"호문쿨루스의 생명이 짧은 이유를 알아냈습니다. 배양에서부터 아예 설계 자체를 다르게 다가가야 했던 것이지요. 이 신의 육체가 활동하는 걸 보면……."

"전문적인 이야기는 되었다."

"일지에 알아보기 쉽게 적어놨습니다."

가파람이 연구 자료를 건넸다.

쭉 훑어본 결과 대부분이 나도 알고 있는 정보였다. 육체에 관한 시험이나, 탐욕에 약한 이유 등을 서술해 놨지만 가설일 뿐 확실하지는 않았다.

"달의 화살에 관해서는 별다른 이야기가 없군."

자료를 전부 훑고는 말했다. 그러자 가파람이 얕게 한숨을 내쉬었다.

"일반적인 아이템이 아닙니다. 이 육신보다 달의 화살의 베일을 벗겨내는 게 더욱 힘들었습니다. 하지만 그것도 수많은 베일 중에 하나인지라……. 달의 화살이 '균형'을 위해 존재한다는 건 알아냈습니다만 그뿐입니다."

균형. 어쩌면 원점을 나타내기도 하는 것.

그렇다면 구스타르테의 신위도 본래의 균형을 찾을 수 있을 가능성이 없진 않아 보였다.

나는 작게 읊조렸다.

"실행에 옮겨봐야 알겠군."

"그 말씀은?"

"달의 화살을 구스타르테의 몸에 박아보겠다."

"……!"

가파람이 화들짝 놀랐다.

"무, 무슨 일이 벌어질지 확실하지 않습니다. 폭주라도 하는 날엔."

"칠 대 죄악 자체가 신을 겨냥하고 만들어진 물건이다. 그 것을 네놈이 알아내지 않았나? 그리고 탐식은 훌륭히 구스타르테의 힘을 봉인했지."

그렇다. 가파람이 알아낸 연구 중에는 칠 대 죄악에 관련된 것도 있었다. 탐식이 구스타르테의 힘을 억제하는 원인을 찾다가 우연찮게 칠 대 죄악에 다다랐을 따름이지만, 칠 대 죄악 자체가 신들을 겨냥하고 만들어진 무구라는 걸 알아낼 수 있었다.

나락군주. 놈은 생각하면 할수록 음흉하기 그지없는 존재였다. 얼마나 원한이 사무치면 그 많은 걸 준비했는지.

"……알겠습니다."

가파람도 내게 달의 화살을 넘기곤 조용히 물러났다.

나는 고개를 돌렸다. 구스타르테는 죽은 듯이 누워 있었다. 가슴의 기복조차 없어서 누군가가 봤다면 진짜로 죽었다고 생각할 정도다.

나는 화살을 수직으로 잡았다. 그리고 주저 없이 구스타르테의 가슴에 꽂았다.

푸욱!

달의 화살은 구스타르테의 가슴에 꽂힌 즉시 푸른빛을 띠었다. 빛은 가열되듯 늘어났다. 달의 화살은 조금씩 모습을 바꾸어 커다란 열쇠처럼 변했다. 구스타르테의 가슴 부근에 그 열쇠가 들어갈 구멍이 생겨나며 구멍 주변으로 핏줄이 도드라졌다.

이윽고 구스타르테의 육체가 떠올랐다. 열쇠가 정확히 들어간 뒤 돌아갔고, 그러자 구스타르테의 육체는 수십, 수백, 수천만 갈래로 나뉘며 다시 합쳐지기 시작했다.

육체가 재구성되고 있었다. 뱀이 허물을 벗는 것처럼 필요 없는 부분이 바닥에 떨어졌다. 그 과정이 수십 분간 반복되었다.

이윽고 모든 재구성이 끝났을 때, 구스타르테는 눈을 떴다. 자아를 잃고 무작정 움직이던 당시와는 분명히 다른, 깊은 눈동자가 나를 마주했다.

"랜달프 브뤼시엘, 여기는 지구로군. 내가 오작동하고 상당한 시간이 흘렀는가."

그는 모든 것을 이미 알고 있다는 말투로 입을 열었다. 당황한 모습은 전혀 보이지 않았다. 다만, 왠지 모르게 허무해 보였을 따름이다.

"구스타르테, 이면 세계의 신이 맞나?"

"맞다. 나는 본래 이곳에 있으면 안 되는 신이지. 그리고…… 비록 돌아왔으나, 남은 시간이 많지 않군. 머지않아 데스브링어가 눈치채고 나를 지우려 들 것이다."

"……마신 데스브링어를 말하는 건가?"

"긍정한다. 지금 나는 신위를 되찾았고 데스브링어의 목적을 아는 유일한 신이 되었다. 중급 계급의 신조차 무력화시키는 시스템이라니……. 다른 신들이 알기 전에 나를 제거하려 들 터."

저 이야기는 필시 필멸자에게 조종당한 원인에 관한 것이었다. 어찌하여 우파가 구스타르테를 조종할 수 있었는지 알아낼 수만 있다면 어떠한 방식으로든 사용하게 될 날이 올터. 순수한 의미에서 궁금증이 일기도 하였다.

"자세히 알고 싶군."

"랜달프 브뤼시엘, 너는 마신 데스브링어가 만든 시스템의 실험에 참여하지 않았는가? 본래는 불가능한 것들이 이 시스템으로 말미암아 생성되었지. 어둠의 정령들은 그 틈을 잘 파고들어 내 정신에 막강한 균을 심었다."

어쩐지 알 것 같은 말이었다. 시스템. 마신 데스브링어가 만든, 눈앞에서 뜨는 메시지 같은 걸 말하는 모양이었다.

확실히…… 궁금하긴 했다. 이런 시스템을 만든 이유가.

데스브링어는 말했다.

자신이 만든 게임의 플레이어가 되어 세계를 멸망으로 몰아넣어야 한다고!

말하건대, 시스템이란 데스브링어가 만든 게임 자체를 뜻하는 듯싶었다.

그리고 우파가 구스타르테를 조종한 배후에 어둠의 정령이 있다는 새로운 정보도 얻었다.

내 표정을 읽었는지 구스타르테가 이어서 말했다.

"어둠의 정령들은 균열을 다루는 법을 익혔다. 공허에도, 근원에도 균열을 뚫어놓은 것이다. 마침 공허에 아주 잠시 연결된 내 세계에 어둠의 정령들이 침범했다. 본래라면 가당찮은 일이나, 그 시스템의 힘을 빌리니 나로서도 어찌할 방법이 없었다. 시스템은 완전한 것. 신위조차 옭아매는 힘을 가졌지. 데스브링어는 이 시스템으로 말미암아 다른 신들을 제거할 계획을 세우고 있다."

"한마디로 마족들은 실험 대상이 되었다는 뜻이군."

"바로 그러하다. 데스브링어는 마왕의 자리 따위에 관심을 가질 녀석이 아니다. 신이 그런 일에 개입해서도 안 되지. 어둠의 정령이 균열을 이용하는 방법을 완전히 익혔으니, 자연스럽게 다른 신들을 노리려고 들리라. 아니면 공하나 근원에 속한 존재들을 깨우려 들겠지. 이미 없어진 고대의 존재들도……. 어둠의 정령들은 모르겠지만 데스브링어의 의도대로 움직이는 수족이 된 것이다."

이야기가 광범위했다. 쉽게 따라갈 수 없었다.

한 가지 확실한 건 어둠의 정령들이 일을 벌였다는 것이었다.

하지만, 이상한 일이었다. 전생에선 이런 일이 없었다. 어둠의 정령들은 다른 정령들에게 의하여 수세에 몰렸다. 신에게 균을 심거나 균열로 문제를 일으킨 적은 없었다.

"이 모든 게 너로 인해 가능해졌다, 랜달프 브뤼시엘. 시간의 축을 뒤로 옮김으로서 생겨난 부작용인 것이다. 그로 인해 세상의 균형이 약간 엇나갔고 그 자리를 채우고자 많은 균열이 벌어졌다. 수많은 균열은 어둠의 정령에게 좋은 표본이 되었겠지. 어쩌면 이조차 데스브링어가 의도했을지도 모른다. 지구의 신들을 유도해 이 모든 걸 계획했다면…… 참으로 두려운 녀석이다."

"내가 원인이라는 건가? 내가 돌아왔기 때문에 생긴 일이라고?"

"그러니 바로잡아라. 데스브링어가 만든 시스템은 너무나도 완벽하여 그조차 함부로 건드릴 수 없다. 그 사실을 잘만 이용한다면 그의 계획을 수포로 돌리고 너의 바람 역시 이룰 수 있을 것이다."

나는 단박에 고개를 저었다.

"신들의 아귀다툼에 끼어들 생각은 없다."

"아귀다툼이라 했느냐? 데스브링어는 이미 어둠의 정령들을 통해 성과를 내고 있다. 마족들에 의해 충분한 데이터도 얻었다. 이후 무슨 일이 벌어질지 감이 잡히지 않는가? 데스브링어는 해서는 안 될 짓을 저지르고 있고 지구의 마족들은 그 단초가 되노라."

"……증거를 지우려고 들겠군."

"부정할 수 없는 진실이다. 이미 진행 중이겠지."

나는 미간을 좁혔다. 구스타르테의 말이 모두 진실이라고 보기는 어렵다. 하지만 데스브링어에 관한 이야기 중 절반만 맞는다고 하여도 심상치 않은 일이었다.

"구스타르테여, 나락군주가 마계에서 다시 되살아난 것도 어둠의 정령과 관계가 있나?"

나락군주는 죽었다. 심장 역시 내게 있었다. 그런데 나락 군주가 마계에 있다고 한다. 아무리 생각해 봐도 이상했다. 하여 그 이유를 구스타르테에게 물었다.

"나락군주……. 공허, 그중에서도 가장 깊은 곳에 있을 녀석이 다시 현세에 나타나는 건 본래 불가능한 일이다. 신은 공허에 근접할 수 없으니 데스브링어가 저지른 일은 아닐 터. 어둠의 정령들이 일을 계획하고 실행한 것이겠지."

"하나 나는 나락군주가 소멸되었다는 메시지를 보았다. 소멸의 의미는 완전한 사라짐이 아니었나?"

"공허의 아주 깊숙한 곳은 데스브링어조차 들어가는 게 허락되지 않은 장소다. 그가 만든 시스템이니 감지할 수 없는 곳에 들어가거든 '소멸'이라 단정 짓는 것도 이상하진 않은 일이다."

가장 궁금했던 사실 하나가 풀렸다.

나락군주가 소멸되지 않고 그저 갇혀 있었다니.

공허에까지 손을 뻗친 어둠의 정령이 그를 손수 꺼내주었다는 말이었다.

"나락군주는 마족들을 죽이기 위한 검이로군."

고개를 끄덕였다. 전생에선 그 이름조차 별로 나오지 않았던 자. 갑작스럽게 마계를 점거하고 1년이란 기간을 준 게 이상했는데 이런 이유가 있었나.

"랜달프 브뤼시엘, 너는 시스템의 보호를 받으니 어둠의 정령들이 시스템을 통해 무언가를 시도하는 건 불가능하다. 직접적인 무력의 개입이 있을 수밖에 없다."

구스타르테는 확정하고 있었다. 적어도 자신처럼 어둠의 정령들이 균을 심지는 못할 것이라고. 중급신을 해할 능력은 나로서도 조금 부담이 될 수밖에 없는데, 이 부분에 있어선 안전한 모양이었다.

"계획을 수포로 되돌리고 내 꿈을 이루는 계획이라는 게 무엇이냐, 구스타르테."

하여 진지하게 물었다. 시스템을 이용해 건드리지 않는다면, 나 혼자서도 이 역경을 헤쳐 보리란 마음이 없진 않았지만 만에 하나를 위해 방법 정도는 들어두는 것도 나쁘지 않았다. 준비는 철저하게 해서 나쁠 게 없는 탓이다.

"나를 흡수해라."

"신 따위가 될 생각은 없다."

단호하게 거부했다.

신.

울림은 좋으나 구색뿐이다. 내가 바라는 그 무엇 하나 할 수 없는 게 신이라는 위치였다.

하나 구스타르테는 전혀 다른 소리를 했다.

"신이 되라는 게 아니다. 그러면 데스브링어가 손을 쓸 수 있게 되지. 가장 최악의 경우다."

신은 본래 웬만한 일이 아니라면 필멸자에게 개입하지 않는다. 고금의 역사가 그러했다. 그 대표적인 예가 멸망인데, 그 정도가 아니라면 신경도 쓰지 않는다는 뜻이다.

한데 같은 신의 경우가 되면 전혀 달라지는 듯싶었다. 하지만 구스타르테를 흡수하면 어마어마한 신위를 몸에 지니게 된다. 잘은 모르지만, 몸이 버티지 못하고, 혹은 격을 높이고자 육체가 스스로를 죽일 가능성마저 있었다.

구스타스테가 자신의 가슴을 한 차례 쓸었다. 열쇠는 돌려진 이후 몸속으로 녹아들 듯 모습을 감추고 있었다.

"달의 화살. 이것은 균형의 열쇠이니라. 그분에게 받은, 데스브링어조차 갖지 못한 나만의 무기다. 이 열쇠를 가슴에 담고 있는 한 너는 영원불멸하리라. 신격은 얻으나 신이 되진 않는다. 너의 의지가 현세에 강한 미련을 두고 있다면 말이다. 다만, 그 의지가 꺼지는 즉시 육체는 생을 잃을 것이니."

마치 주문 같았다.

나는 턱을 쓸며 말했다.

"그것만으로 데스브링어의 계획을 수포로 돌릴 수 있단 말인가?"

"네가 가진 씨앗을 시스템에 심어야 한다. 결과가 등록되지 않은, 등록할 수 없는 창조의 씨앗. 필히 강력한 오류를 불러오리라. 데스브링어의 신격 대부분은 그 시스템에 투입되었으니 놈 역시 지상으로 떨어질 테지. 대지에 흩어진 신격을 수복하는 데 상당한 시간이 걸릴 것이니, 그사이 놈을 멸해야 한다. 아니라면 너는 계속해서 그의 계략에 오랜 세월 고통당할 터.”

구스타르테의 눈을 정면으로 바라봤다.

감정 한 줄기 느껴지지 않고 무표정하기 이를 데 없었다.

희로애락 중 무엇 하나 가진 게 없어 보인다.

완벽한 ‘신’이란 이런 건가?

‘불멸자를 죽이는 최초의 마족이 되겠군.’

피식 웃고 말았다. 신을 죽인 마족이라. 신살자라는 업적도 꽤 요긴해 보였다. 틀림없이 레전드 등급, 혹은 그 이상으로 등록될 것이다.

데스브링어는 구스타르테보다 격이 높은 신이었다.

“시간이 없다. 그가 눈치챘노라.”

구스타르테가 하늘을 올려다봤다. 던전의 천장이 막고 있지만 그에겐 내게 보이지 않는 것들이 보이는 모양이었다.

하지만 그것도 잠시였다.

쿵― 쿵― 쿠우웅― 콰르릉!

하늘이 울렸다. 수없이 번개가 쳤고 이상 현상이 일어났다. 강력한 마력의 소용돌이가 근처에서 느껴졌다.

나는 선택의 기로에 섰다. 그러나 고민은 적었다. 여기서 가만히 있으면 구스타르테는 데스브링어에 의해 최후를 맞는다. 고생은 고생대로 해놓고서 나는 별로 건지는 게 없게 되는 것이다. 수지가 안 맞는 장사였다.

"받아들이지."

결단하자 구스타르테가 즉시 가슴에 손을 가져갔다. 이어 열쇠가 나타났고, 그것을 거리낌 없이 뽑았다.

콰아아아아아아악!

열쇠의 빈틈으로 신격이 쏟아졌다. 구스타르테는 쏟아낸 신격을 내 몸에 강제로 퍼부었다. 머지않아 그의 육체가 조금씩 투명해지기 시작했다.

"끄윽······!"

하나 나는 구스타르테를 제대로 쳐다볼 수가 없었다. 그의 신격을 받아들인 육체가 무너져 갔다. 버티기 힘들 정도의 힘이 마구 흘러들어 왔다. 이런 느낌은 처음이었다. 곧 강한 무력감이 들었고 모든 걸 포기하고 싶다는 마음이 생겨났다.

'포기할 수 없다.'

포기해선 안 된다. 여기서 포기하면 육체는 생을 잃으리라. 하지만 내겐 미련이 많았다. 미련 많은 자가 신이 된들 제대로 구실이나 할 수 있겠는가.

의지를 칼처럼 세웠다. 갈고, 또 갈며 곧 육체의 고통을 잊었다.

"나는 근원으로 돌아간다. 그곳에서나마 너를 응원하마. 부디…… 강해져라. 약하면 죽는 게 세상일지니……."

익숙한 말이었다. 어렸을 적, 전장에서 누군지 모를 남자는 내게 그 말을 남기고 죽었다. 나는 그 말을 신조처럼 여기며 꿋꿋이 강해져 왔다.

힘겹게, 눈을 떴다.

푹!

그 즉시 무언가가 가슴에 꽂혔다.

달의 화살. 균형의 열쇠다.

열쇠를 꽂은 걸 끝으로 구스타르테는 완전히 자취를 감췄다.

여운이 남는 엷은 미소만 남긴 채.

Dungeon Hunter

뜨겁다. 몸 내부에서부터 피어오른 불길이 전신을 태우는 기분이었다. 스스로의 목을 죄어 당장에라도 이 고통을 끝내고 싶었다. 하지만 몇 가닥의 미련이 나를 붙잡았다.

그렇다. 나는 미련이 많다. 이루고 싶은 게 있고 가진 것 역시도 많았다. 무엇 하나 포기하기엔 지금의 생이 너무나 아쉬웠다. 이를 악물고 버텼다. 이가 부서지고 잇몸이 아스러져도 삶의 끈을 놓지 않았다.

억겁의 시간. 후에는 아예 시간의 흐름조차 잊어버렸다. 점차 고통이 사라졌으며 마침내 안정화하는 시기가 찾아왔다.

하지만 머릿속은 텅 비어 있었다. 이름마저 기억이 나지 않았지만, 내게 남은 미련이 강하게 나를 잡아끄는 중이었다.

욕심이라고도 부를 수 있으리라.

육체는 녹아 사라졌다. 하나 다시 재구성되었다. 몇 번이나 계속해서 반복했다.

다섯 번, 열 번, 스무 번…….

서른 세 번의 변이 끝에야 육체는 온전히 신격을 받아들일 수 있었다.

아예 새롭게 변했다고 할 수 있을 만큼 큰 격변을 겪었다.

전신의 세포가 정상화되고 잊었던 것이 하나둘 떠올랐다.

처음에는 미련 하나였지만 다른 여러 것이 나를 현세로 불러오고 있었다. 하여 나는 발을 움직였다. 바닥에 붙은 듯 움직이지 않던 발도 내가 모든 걸 기억해 내자 거짓말처럼 떨어지기 시작했다.

나는 랜달프 브뤼시엘.

4명의 대공 중 하나이며, 마왕의 될 자.

외에도 여러 이야기가 떠올랐지만 지금은 이 정도면 충분하다.

그렇게 오랜 시간이 지나, 열기가 차츰 가라앉을 때쯤 나는 눈을 뜰 수 있었다.

눈을 뜨고 상반신을 일으켰다.

푹신한 이불의 감촉, 대지를 가득 채운 마력과 익숙한 기척들이 느껴졌다.

"마스……!"

이히의 목소리가 들려왔지만 나는 손을 들어 제지시켰다. 그보단 내 몸의 상태를 점검하는 게 먼저였다.

'나는 변했다.'

무엇이?

정신은 그대로다. 그러나 그를 제외한 모든 게 새로웠다.

덩치가 조금 더 커졌고 머리칼은 발끝을 넘어설 수준으로 길었다. 억지로 잘라낸 흔적이 있는 걸 보아 몇 번이나 머리를 잘라도 계속해서 순식간에 자라는 듯싶었다.

양손을 들자 손등에 알 수 없는 문양이 새겨져 있었다.

'거울을 삼킨 용.'

거대한 용이 세상을 비추는 거울을 삼키는 문양이다. 이면 세계의 신, 구스타르테를 흡수한 것과 밀접한 관계가 있을 것이었다.

뿐만 아니라 육체는 강철보다 단단해졌고 내부에선 용암처럼 힘이 흘러넘쳤다. 잠재력의 한계를 넘고 초월자의 격을 갖췄을 때와는 비교가 안 된다.

이것이 신격인가.

진정한 신의 위엄이란 이런 느낌이었나.

'상태창.'

곧 나는 수치화된 육체의 변화를 확인할 수 있었다.

이름 : 랜달프 브뤼시엘

직업 : 마계 대공(던전 마스터)

칭호 :

　*던전사냥꾼(던전점령, 마족사냥 시 잔여 능력치+1)

　*불굴의 전사(Ex U, 모든 능력치+2)

　*최초로 요정의 축복을 받은 자(U, 마력+6)

　*근원의 주인(Epic, 모든 능력치+3)

　*언데드(Ex U, 지능체력+5)

　*지저 세계의 지배자(Legend, 모든 능력치+5, 에픽 미만 스킬의 등급+0.5)

능력치 :

　힘 110(+20)

　지능 120(+15)

　민첩 110(+20)

체력 115(+22)

마력 130(+16)

잠재력 (585+93/???)

잔여 능력치 : 47

전력량 : 557GW

특이사항 : 지저 세계의 주인. 나락군주의 심장이 완전히 각성했
습니다. 모종의 이유로 강력한 신격을 얻었습니다.

스킬 : 만물조합(Ex U), 심안(Epic), 다크 소드(Epic), 신검합일(Epic,
Passive), 전격의 정령(Epic), 오만(Epic), 타락(Ex Epic), 지배의 권
능(Ex Epic, Passive), 정령과의 교감(Epic, Passive), 이면 세계(God)

적용 중인 스킬&아이템 효과 : 분노(힘+7), 나태(민첩+7), 오만(체력
+7), 신검합일(힘민첩+3)

[전후 비교]

힘 119 지 111 민 105 체 112 마 116 잠재력 (470+93/570)

힘 130 지 135 민 130 체 137 마 146 잠재력 (585+93/???)

아……!

수치화된 상태창을 보자 더욱 확실하게 알 수 있었다.

나는 비교도 안 되게 강해졌다고.

게다가 아직 그 강함의 끝을 보지 않은 상태라고!

따로 칭호가 생기진 않았다. 그러나 순수 능력치가 놀랍도록 높아졌고 '이면 세계' 스킬이 생겼다.

나는 이면 세계 스킬을 보다 자세히 쳐다봤다. 잠시 후 그에 따른 설명이 떠올랐다.

이름 - 이면 세계(God)

설명 : 이면 세계의 신 구스타르테가 가진 최강의 권능. 스킬 두 개를 지정하여 영구적으로 Demigod 등급으로 끌어올린다. 이면의 세계에서나 가능한 놀라운 기능.

**한 번 지정하면 다른 스킬로 교체 불가.

신 등급이 있다는 것조차 처음 알았건만 스킬의 효용도 놀랍기 그지없었다. 이면 세계 스킬 자체는 아무런 효과가 없으나 다른 스킬의 등급을 반신 수준으로 끌어올리는 것이다. 사용하기에 따라선 엄청난 효율을 얻을 수 있었다.

'살아 있는 신이라 해도 이상할 게 없겠군.'

나는 강해졌다. 아니, 강해졌다는 말로는 부족하다.

그야말로 살아 있는 신 자체가 되었다.

그리고 새삼스럽게 '신'이란 존재에 대하여 생각하게 되었다.

만약 칠 대 죄악이 없었다면, 신을 노리고 만든 무구가 존재하지 않았다면 결코 구스타르테를 포획하지 못했을 것이다. 불안정한 모습으로도 나 이상의 기량을 발휘하던 것이 바로 그였다.

하지만 이제 그의 힘은 내 것이 되었다.

'어둠의 정령, 나락군주, 마신 데스브링어.'

충분히 해볼 만하지 않겠는가.

Chapter 73

마왕

Dungeon Hunter

강력한 적들이 있다는 게 썩 나쁘지만은 않았다.

고개를 돌려 주변으로 시선을 옮겼다.

내 최측근이라 할 수 있는 휘하 마수 대부분이 이곳에 있
었다.

오스웬, 크리슬리, 타쉬말, 로이와 로제, 이히까지.

걱정하고, 경악하며, 침중한 분위기로 일관하는 등 모두가
제각각이었다.

하지만 그들에게 공통된 감정이라면 바로 안도다.

"내가 얼마 만에 깨어난 거지?"

"정확하게는요. 139일이에요, 마스터."

이히가 말했다.

허!

나는 쓰게 웃었다.

139일이라니. 거의 반년에 해당하는 시간이다. 급격하게 변하는 추세에 따라 무슨 결과가 나타나도 이상하지 않을 기간이었다.

나는 그간의 일을 모른다. 하여 의아한 부분을 입에 담았다.

"막시움이 안 보이는군. 여전히 우파의 던전을 차지하는 데 힘쓰고 있는 건가?"

막시움.

나를 나락군주로 알고 충성을 맹세한 기사.

내 명령에 따로 홀로 오지에서 막대한 전과를 올렸다.

모두가 모였다면 그 역시 있어야 했다. 하지만 어디에도 없었다.

이윽고 주변은 정적으로 가득 찼다. 모두 섣불리 입을 열지 못했다.

"마스터…… 막시움은 죽었어요. 나쁜 판데모니엄한테요."

어쩔 수 없이 나선 게 이히다. 나는 눈살을 찌푸렸다. 적어도 내가 기억하기로 판데모니엄은 수세에 몰리고 있었다.

따로 병력을 빼내서 무언가를 할 여유가 없었다는 뜻이다.

나는 막시움에게 막대한 군세를 안겨줬고, 막시움은 그야말로 물 만난 고기처럼 적들을 베어갔다. 막시움을 제거하려면 내가 준 군세 역시 없애야 했다.

그런데 판데모니엄이 막시움을 제거했다고?

적어도 상식선에선 불가능한 일이다. 나는 표정을 굳힌 채
물었다.

"내가 없던 139일간의 일을 하나도 빠짐없이 말해라."

초기에는 별일이 없었다. 나의 부재가 있었지만 어차피 상
황의 반전은 힘들었다. 판데모니엄은 약해졌고 크리슬리를
필두로 승승장구를 이어 나갔다. 막시움 역시 우파의 던전
중 절반을 차지했다. 잔여 능력치만 보더라도 얼마나 많은
이득을 취했는지 알 수 있다.

아리엘 역시 판데모니엄을 견제하는 데 최선을 다했다. 그
녀는 자신의 세력을 빠르게 불렸으며 은색의 기사들 역시도
복구시키는 데 성공했다. 이대로 간다면 판데모니엄은 파멸
할 게 분명해 보였다. 아리엘 디아블로와의 정식 대결이 성
사되기까지 몇 걸음이 남지 않았다.

그렇게 판데모니엄의 모든 손과 팔을 잘라냈다. 이제 마지
막 던전만 남겨두고 있었다.

"이히가 아는 건 판데모니엄이 수세에 몰리는 척 뒤로 물
러나며 다른 수를 썼다는 거여요. 나머지는 크리슬리가 말해
줄 거예요, 마스터."

시선을 돌려 크리슬리를 바라봤다. 크리슬리는 참담하기 그지없는 표정으로 즉시 말했다.

"……나의 던전 마스터시여, 판데모니엄이 노리는 건 따로 있었습니다. 바로 하쉬였지요. 신경을 썼다면 보였겠지만 연이은 승리에 취해 발견하지 못한 저의 잘못입니다."

"판데모니엄이 하쉬를 노렸다?"

이상한 일이었다. 그야 하쉬가 지구에 있는 천족 중 가장 높은 위계를 가졌지만 난데없니 납치할 이유가 없는 것이다. 하쉬를 납치한다고 천족이 판데모니엄을 도울 리도 없었다. 그런 면에 있어서 천족은 칼과 같았고, 그것을 판데모니엄이 모르진 않을 것이었다.

내 의아함을 안다는 듯 크리슬리가 계속해서 말했다.

"판데모니엄은…… 자신의 던전 바로 앞에서 하쉬를 제물로 사용했습니다. 지천사의 순수한 피와 어디서 구했는지 모를 좌천사의 정혈도 함께 가지고 있었습니다. 우리가 그의 던전을 공격했을 때 그는 눈앞에서 문을 열었지요."

좌천사 오피니언. 나도 이름은 안다. 하쉬를 제외하면 가장 급이 높았고 그리니치 천문대에서 천족들을 지휘한 것으로 알고 있었다.

그 둘의 정혈을 제물로 바쳤다니.

심상치 않은 일이 진행됐음이 분명했다.

"판데모니엄이 무엇을 연 거지?"

"소환. 천계의 문을…… 열었습니다."

그때를 회상하는 것처럼 크리슬리가 눈을 질끈 감았다. 몸서리가 처칠 정도의 광경이 연출된 듯싶었다. 타쉬말도, 오스웰도, 모두가 주먹을 강하게 쥐었다.

그때 타쉬말이 끼어들었다. 검은 날개를 펄럭이며 그녀가 강하게 말했다.

"치천사 카마엘 님께서 강림하셨다. 114만의 군세와 함께 친히…… 카마엘 님께서 강림하실 거란 예지를 보았지만, 설마 마족의 손에 의해 이뤄지는 것인 줄은 상상조차 하지 못했다."

타쉬말은 분노로 가득했다. 마족에 의한 소환이 달가울 리 없었다. 그녀는 타락했지만 마음만큼은 아직 천족이었던 영향이다.

치천사라면 천계의 최고 위계다. 천왕을 제외하면 실질적으로 천계를 지배하는 가장 강한 존재였다.

"판데모니엄이 소환했다 해서 카마엘이 그를 도울 것 같진 않은데. 자폭인가?"

"놈은 벼랑 끝에 몰려 있었다. 다른 자들이 왕의 자리를 갖는 걸 볼 수 없다는 심보였겠지."

타쉬말의 말은 그럴싸했다. 판데모니엄은 욕심이 많았다.

우파와 비슷한 면이 없잖아 있었다. 누군가가 자신의 위에 서는 걸 극도로 싫어했다. 게다가 가만히 있으면 파멸이 확정되어 있었고 마지막 수로 천계의 문을 연 것이다.

판데모니엄은 마도의 정수를 모두 익혔다. 고대의 마법도 알고 있었다. 천계의 문을 여는 방법 역시 알고 있었을 것이다. 이상할 건 없지만…… 카마엘이라.

"그간의 피해는? 전황은 어떠한가."

다시 크리슬리에게 고개를 돌렸다.

크리슬리가 차분한 태도로 말했다.

"막시움은 흙으로 돌아갔고, 그가 지휘하던 군세가 전멸했습니다. 제가 이끌던 군세 7할 역시 카마엘이 소환된 이후 흙으로 돌아갔습니다."

미간을 찌푸렸다. 전부 사라지지 않은 건 다행이지만 이만한 피해를 입은 건 예상외였다. 상정하지 못했다. 그만큼 카마엘이 강력하다는 방증이었다.

내가 침묵하자 크리슬리가 계속해서 말했다.

"다행히 판데모니엄은 카마엘에 찢겨 죽었습니다. 또한 카마엘은 세계를 정화한다는 명목으로 모든 생명체를 소거하고 있습니다. 모든 마수를 한국에 모으고 저항하는 중이지만 언제 카마엘이 총공격을 해올지 모르는 상황입니다."

나 역시도 수세에 몰렸다는 뜻이다.

이 모든 게 139일 안에 일어난 일이라니.

헛웃음이 나왔다.

"그리고……."

"그리고? 보고할 게 또 있나?"

이제 웬만한 이야기를 들어도 놀랄 것 같지는 않았다.

내 시선이 뚫어질 듯 박히자 크리슬리가 작게 고개를 숙이며 입을 열었다.

"나의 던전 마스터시여, 대공 아리엘 디아블로가 기다리고 있습니다."

아리엘 디아블로.

북아메리카를 기점으로 힘을 기르던 대공.

전생에선 최후의 승자가 되었으며 이번 생에서 역시 최후까지 살아남았다.

한데 이런 시국에 홀로 내가 있는 곳까지 찾아온 건 의외였다.

말을 들어보니 2주일 전부터 던전 근처에 대기하며 내가 나타나길 기다리고 있었다고 한다. 나와 반드시 나눌 이야기가 있다는 것이다.

자신의 마수는 한 마리도 대동하지 않은 채로 말이다.

위험을 무릅쓰고 나를 찾아온 건 그만한 이유가 있을 터였다.

"오랜만이로구나, 랜달프 브뤼시엘."

아리엘은 던전의 바깥에 있었다. 예전 인간들이 만든 전초 기지에 머물며 나를 기다리는 중이었다.

나는 가만히 아리엘을 쳐다봤다. 139일간 그녀는 더욱 강해졌다. 이 기세로 보아 '벽'을 넘어선 것 같았다. 초월자의 경지에 들어선 것이다.

부러졌던 이마의 뿔도 회복되어 있었다. 오히려 전보다 커졌다. 뿔은 그녀의 힘을 나타내는 상징과 같았다.

나는 표정을 지우며 말했다.

"이곳은 무슨 일로 찾아왔지? 심심해서 놀러 온 건 아닐진대."

"후후, 나도 그렇게 한가로운 마족은 아니니라."

아리엘도 천천히 나를 살펴봤다. 견적을 재고 있는 게 느껴졌다. 그녀의 말에는 은은하게 언령이 녹아들어 있었다.

언령이란 말의 힘이다. 그녀가 말하면 격이 낮은 이들은 그 말에 따르게 된다. 자신이 의도하지 않아도 말이다. 하지만 내게는 아무런 소용이 없는 짓이었다.

"나 역시 벽을 넘었지. 하나 초월자가 된 지금도 너의 끝이 보이지 않는다. 과연, 괴물이란 말은 이럴 때 쓰는 것이겠지."

아리엘은 순수한 의미로서 놀라고 있었다. 초월자가 되면 내 역량을 가늠할 수 있을 것이라 생각한 듯싶었다. 전이었다면 모르겠지만 구스타르테의 신격을 흡수한 지금, 그녀 정도로 내 모든 걸 파악하는 건 불가능한 일이었다.

"용무는?"

"한두 마디 잡담 정도는 나눌 사이가 되는 걸로 알았는데…… 나만 그리 생각했나 보군. 오냐, 내가 찾아온 이유를 말하마. 너도 짐작은 하고 있을 것이다. 카마엘…… 천계의 문을 열고 찾아온 놈에 대한 대책 때문이다."

"상황이 좋지는 않은 모양이군."

"숨기지 마라. 너 또한 그러지 않느냐? 카마엘은 마족만이 아니라 인간들도 멸하는 중이노라. 그야말로 폭주 중이지. 판데모니엄이 소환한 게 영향을 끼쳤을 터. 놈은 견제하려거든 힘을 합쳐야 한다."

힘을 합치자?

아리엘로서는 놀라운 발언이었다.

그녀는 마왕의 직계다. 마왕의 피를 고스란히 이었다. 마계의 대공들이 서로 반목하는 상황만 아니었다면 진즉 그녀는 마왕의 자리에 올랐을 것이었다.

그래서 그런지 그녀는 타협을 잘 몰랐다. 누군가에게 동맹을 신청한다는 발상 자체가 없어 보였다. 그 우직함 탓에 전생에서도 많은 어려움을 겪었다.

내가 아는 한, 적어도 그녀가 먼저 누군가에게 손을 내민 적은 없다. 한데 지금 내게 동맹을 요청한 것이다. 한국까지 직접 찾아와서!

놀라운 일이었다.

확실히 합리적인 선택이라면 먼저 외부의 적을 제거하는 게 옳다. 나 역시도 정상적인 상황에서 그녀와의 대결을 바라고 있었다.

하나…… 그러기엔 여유가 없었다. 카마엘을 제거한대도 그게 끝이 아니다. 어둠의 정령들, 그리고 데스브링어가 남았다.

생각을 정리하곤 말했다.

"아리엘 디아블로, 너와 내가 싸워 이긴 쪽이 모든 걸 가진다."

"마왕의 자리를 두고 여기서 겨루자는 것이냐?"

"시간을 끌어서 좋을 건 없지 않은가?"

나는 담담하게 입을 열었고, 곧 아리엘의 입가에 미소가 번졌다. 그녀 역시 나와 같은 발상을 하고 있었던 것이다. 최후의 한 명이 모든 걸 가져야만 카마엘을 효과적으로 물리칠 수 있었다.

"좋다."

"일정은 네가 정하라. 그래도 이왕이면 가까운 시일 내에 싸웠으면 좋겠군."

둘 다 최상의 상태가 아니었다. 나도 조금 더 몸을 요양할 필요가 있었고, 설령 지금 싸운대도 그녀의 휘하 마족들이 납득할 리 없었다.

아리엘 디아블로의 모든 휘하 마족이, 나의 휘하 마수들이 지켜보는 가운데에서 대결은 펼쳐져야 한다. 그래야 별다른 불협화음 없이 일을 끝맺을 수 있었다.

나는 등을 돌렸다. 머지않아 아리엘도 전진기지에서 모습을 감췄다.

정확히 7일 후.

그녀는 충직한 다섯 명의 부하를 이끌고 한국을 찾았다.

일정과 위치를 정하는 것 모두를 아리엘의 판단에 맡겼는데, 그녀는 부득불 한국에서 대결을 펼치겠다고 주장했다. 내가 다른 술수를 사용하지 않으리라 확신이라도 하는 것 같았다.

멍청할 정도로 우직하지만, 이번에 한해선 맞았다. 나도 다른 술수를 사용할 생각은 전혀 없었다. 신격을 소유했고 내가 내뱉는 말이 얼마나 중요한 의미를 가지는지 깨달았다. 신격을 더럽히는 짓을 하면 스스로의 격이 떨어질 수도 있었다. 그런 걸 본능적으로 알았다.

"결판을 짓자꾸나, 랜달프 브뤼시엘이여."

아리엘은 발록의 뼈로 만든 검과 갑주를 착용하고 있었다. 길게 늘어진 뼈 꼬리가 마치 발록의 그것을 보는 듯했다.

나는 진홍빛 망토를 걸치고, 인피니티 아머를 착용한 채 나섰다.

분노와 황제의 검이 부들 떨었다.

이 싸움의 결과로 마왕이 정해지는 것이다.

나도 긴장하지 않을 수 없었다.

어려서부터 이러한 순간을 얼마나 꿈꿔왔던가.

이제 단지 꿈꾸는 것에서 그치지 않고 직접 이뤄낼 차례였다.

"그러지."

고개를 끄덕였다.

숨을 고르는 시간은 무척이나 짧았다.

나는 자세를 잡았고, 이어 부딪혔다.

쿠우웅!

병장기의 달인. 모든 무기를 사용할 수 있는 자.

특히 검술에 관해선 따라올 자가 없다고 전해지는 최강의 검사였다.

세상에 존재하는 웬만한 검술 전부를 터득했다고 전해지니 순수한 무력 싸움으로 돌입하면 아리엘을 당할 자는 없을 것이다.

실제로 내가 하이엔달의 검술을 깨우치며 많은 발전을 이룩했다고 하더라도 아리엘 디아블로의 순수한 실력에는 한참 미치지 못한다.

두 수 내지 세 수는 떨어진다고 생각했다. 말이 세 수이지 그 정도면 어른과 어린아이의 차이였다.

하지만 나는 순수한 육체적 싸움을 하려고 이 자리에 선 게 아니다. 가진 바 모든 것을 활용하며 전면전을 벌일 셈이었다. 아리엘에게 검술이 있다면, 그 외의 모든 부분에 있어선 내가 훨씬 앞서고 있었다.

콰드득!

땅이 파였다. 지진이라도 난 듯이 대지가 출렁였다. 시작부터 아리엘은 자신의 검에 혼돈을 덧씌웠다. 그녀의 전매특허 '어비스 소드'다.

이에 대항하고자 다크 소드를 펼쳤다. 어비스 소드의 열화판 같은 스킬이지만 우월하기 짝이 없는 마력 수치가 더해지자 본래의 몇 배에 달하는 강력함을 발휘했다.

'보인다.'

아리엘 디아블로의 현란한 움직임이, 사소한 살의 떨림까지도 모두 보였다.

느껴졌다. 다음 동작마저 예상되었다.

그리고 나는 모든 상황을 지배할 능력을 가지고 있었다.

전이었다면 그녀의 움직임 전부를 잡지는 못했을 것이다. 그 정도로 아리엘 디아블로의 움직임은 기교가 넘쳤고 미세한 부분에서 아주 정교하기 짝이 없었다. 군더더기가 하나도 없으며 최적의 루트로 공격을 가해왔다.

좌악! 좌악! 채에에에엥!

검과 검이 부딪혔다. 아리엘 디아블로는 파죽지세로 밀어붙였다. 나는 쌍검술을 사용함에도 그녀의 공격 빈도에 놀랄 수밖에 없었다.

그야말로 초반에 모든 것을 건, '쏟아붓는' 식의 검술이었다.

한 번 삐끗하면 그대로 패배와 직결될 정도로 고난이도의 움직임을 무작정 내보이고 있었다.

공격은 방어라는 말을 그대로 실현한 것이지만…….

화르륵!

나는 오만의 불길을 피웠다. 태우지 못하는 것이 없는 영겁의 불길. 한참이나 상승한 마력으로 말미암아 오만의 불은 진짜 지옥불이 되었다. 수십 m를 치솟아 주변의 모든 것을 집어삼켰다. 땅이 녹았고 그녀의 움직임도 봉인되었다.

쿠아아아아아앙!

하지만 아리엘은 가만히 있지 않았다. 조금이라도 멈추면 자신의 패배라는 듯이 움직였다. 검을 높이 들고 바닥에 찍자 대지가 파도처럼 넘실댔다.

'용오름.'

이 역시 아리엘의 스킬 중 하나다. 대지가 뒤집어지며 이내 거센 해일이 되었고 무차별적으로 나를 덮쳤다.

쾅! 쾅! 콰아아아앙!

해일은 십수 차례나 계속해서 반복됐다. 그로도 모자랐는지 아리엘은 검을 다시금 세워 공격형 스킬을 발동했다.

쇄아악! 쇄아악!

상아검이 늘어났다. 똑같은 검, 복사품이 아닌 진짜다. 저하나하나가 놀라울 정도의 파괴력을 담고 있었다. 총합 512개의 검이 허공에 차례대로 떠올랐다.

'웨폰 치트(Ex Epic)'다. 본래는 손에 쥔 적이 있는 병장기 하나를 복사하는 스킬이지만 등급이 오르며 같은 무기를 수백개 만들어내는 경지에 이르렀다.

상아검은 발록의 뼈로 만든, 최강의 검 중 하나이지만, 만약 그녀가 그보다 높은 등급의 검을 사용할 줄 알았다면 엄청난 폭풍을 일으켰을 것이다.

총합 512개의 검이 용오름으로 진탕이 된 대지 위에 수도 없이 꽂혔다. 그야말로 비의 검이었다.

"거인의 늪."

그조차도 끝이 아니었다.

아리엘은 검을 쥐고 눈을 감았다. 그러자 대지에 꽂힌 검들이 일제히 빛을 내기 시작했다. 이윽고 마치 결계처럼 512개의 검이 이어졌다.

쿠웅! 쿠웅! 쿠웅!

512개의 검이 일제히 대지를 뚫고 바닥으로 꺼졌다.

쉬이이이이이이이잉!

이윽고 지하에서 광음이 들려왔다. 청각을 마비시킬 정도로 커다란 소음. 소리는 점점 커졌으며 마침내 절정에 달하자 그 순간을 기점으로 거짓말처럼 조용해졌다.

쿠와아아아아아아아아앙!!

하지만 이는 폭풍전야였다. 압도적이라고밖에 할 수 없는 장렬한 빛이 수렁과 같이 깊게 파인 구멍 사이로 튀어나왔다. 빛은 금세 하늘까지 닿았고 중간의 모든 것을 깡그리 지워냈다.

연계 스킬이다. 연계되는 스킬에 따라서 몇 배, 몇십 배의 힘을 발휘하기도 한다.

그녀가 파놓은 구멍은 직경이 수 km에 달했다. 일찍이 경고를 했기에 참관한 마족과 마수들은 그보다 훨씬 멀리에 떨어져 있었다. 아니었다면 모두 휩쓸리고 죽었을 것이다.

예외는 있을 수 없었다. 그 정도로 파괴적이었다. 거대한 빛의 기둥은 마치 신이라도 없앨 것처럼 흉포한 울음을 계속해서 내었다.

초월자의 격에 이른 아리엘 디아블로. 그녀가 모든 걸 쏟아부은 공격이었다. 만약 그리니치 천문대에 있을 때 초월자에 격에 들고 이 스킬을 완성했다면 마지막까지 남아서 승리한 자는 아리엘 디아블로가 되었을 것이다.

홀로 전장의 판도를 뒤집어버렸겠지.

하지만…….

화륵! 화르륵!

나의 불은 꺼지지 않았다. 나는 천천히 빛을 타고 구멍을 올랐다. 오만의 불은 내 전신을 감싸며 나를 보호하고 있었다. 인피니티 아머 역시 내 성장과 마력의 쓰임에 따라 붉은 용과 같은 형상으로 변해 있었다.

뚜벅.

마침내 지상에 닿은 이후 대지 위에 두 발을 딛고 섰다. 아리엘 디아블로의 공격은 확실히 대단했다. 그냥 맨몸으로 맞았다면 중한 상처를 입었을 것이었다.

하지만 서로의 생명을 건 싸움이다. 가만히 저만한 공격을 맞아줄 생각은 추호도 없었다.

크르르릉!

진격의 정령, 뇌신이 울었다.

뇌신 역시 내가 받을 타격을 줄이고자 오만의 불길과 함께 내 전신을 감싸 안고 있었다.

공격이 끝났으니, 더 이상 보호할 필요가 없다고 여기고 태세를 변환했다.

뇌신의 크기도 부쩍 커져 있었다. 스킬은 마력의 영향을 받으니 내가 가진 스킬 모두가 비약적으로 강해졌다 보면 옳다.

나는 손가락을 옮겼고, 그러자 뇌신이 아리엘 디아블로를 집어삼켰다.

쿠아아아앙!

뇌신이 포효했다. 아리엘은 당황하지 않고 침착하게 공수를 전환했다. 검에 혼돈을 씌운 채 뇌신의 공격을 막았다.

치이익! 치이이익!

아리엘의 검이 뇌신을 훑고 지나가자 뇌신이 정확히 반으로 쪼개졌다. 바닥에 떨어진 전력이 꿈틀대며 정전을 일으켰다. 잠시 후 다시금 합쳐지며 뇌신이 형상을 갖췄다.

창과 방패라면 딱 맞을 것 같았다. 뇌신은 공격했으나 아리엘의 검을 뚫을 정도는 되지 못했다. 하나 뇌신도 무한히 재생하며 끊임없이 아리엘을 괴롭혔다.

끝이 나지 않을 걸 알고서 나는 움직였다.

분노와 황제의 검 위에 다크 소드를 덧씌우고 그 위를 오만의 불길로 덮었다. 여기에…….

나는 뇌신을 불러들였다. 불러들인 즉시 오만의 불길과 뇌신을 섞었다.

연계라면 연계. 하지만 굉장히 큰 위험을 동반하는 짓이다. 나로서도 처음 행하는 도전. 그러나 실패할 것 같지가 않았다.

마력이 상승한 만큼 이해도도 대폭 올라갔다. 거기다가 135의 지능 수치는 그만큼 스킬을 안전하게 사용할 수 있도록 만들어준다.

쿠릉. 쿠르르르르르…….

잠시의 반발이 있었지만 그뿐이다.

혼돈 이상의 혼돈이 검 위에 생겨났다.

그를 본 아리엘의 눈빛이 더욱 진중하게 변했다.

일반적인 공격의 기회는 끝났다. 이제는 맞붙을 시간이었다.

아리엘도 알고 나도 알았다. 그리고 우리 둘 다 싸움의 결과를 확신하고 있었다.

모든 걸 퍼부은 공격에 실패했으니, 남은 건 처분일 뿐이라고…….

촤앙!

상아검이 정확히 반으로 나뉘었다.

혼돈을 덧씌웠지만, 검째 잘려 나갔다.

아리엘이 그제야 조금 황당하다는 듯이 나를 바라봤다.

"괴물 같은 놈."

툭.

아리엘 디아블로가 양손을 들었다.

"내가 졌노라."

아리엘을 죽이고 살리는 건 순전히 나의 자유였다.

마족의 싸움이라는 게 그렇다. 패자는 모든 것을 잃고, 승자는 모든 것을 갖는다. 승자 독식의 세계에 평생을 몸 담갔으니 내게 있어서도 당연한 절차였다.

머지않아 그녀의 휘하 마족들이 당도했다. 내 마수들도 함께 찾아왔다.

아리엘 디아블로의 휘하 마족들은 입술을 깨물었으며, 반대로 나의 휘하 마수들은 웃음기를 머금고 환호성을 내질렀다.

나는 그 중심에서 무릎 꿇은 아리엘에게 말했다.

"카마엘을 죽이는 데 앞장서라, 아리엘 디아블로여. 선봉에서 적들을 유린하고 나를 위해 적들의 목을 갖다 바쳐라."

나는 아리엘을 죽이지 않았다. 그러한 선택도 하지 않았다.

승자는 결정되었으나, 아직 싸움은 끝난 게 아니다.

가장 먼저 카마엘이 남았다. 카마엘은 나 혼자서 죽이기 굉장히 까다로운 천족이었다.

'114만의 천족 모두를 죽여야 놈을 없앨 수 있다. 그 전까지는 불멸이라 하였지.'

타쉬말이 전해 준 사실이었다.

치천사 카마엘. 전능한 존재이며 114만의 천족과 생명을 공유한다는 것이다.

일전 아리엘이 이끌던 은색의 기사들이 사용한 스킬과 비슷한 것을 가진 듯했지만, 114만의 천족을 모두 죽여야만 카마엘을 죽일 자격이 생긴다는 게 달랐다.

그러기 위해서 아리엘을 살려둔다. 그녀가 지휘하며 천족들을 멸한다면 조금 더 일이 수월해질 터다. 카마엘은 전능에 가까운 존재지만 완벽하게 전능하진 않았다. 그의 군세를 모두 죽이는 것이 가장 중요했다. 그 시간을 최대한 단축시킬 셈이었다.

나는 발을 내밀었다. 아리엘이 내 발에 입을 맞춰야 주종의 의식이 끝난다.

여기서 거부하면 목숨은 없다. 노예의 인장을 새기지 않는 것만으로도 나는 그녀에게 굉장한 호의를 베푼 것이다. 명예를 지켜주기 위함도 있었지만, 여태껏 그녀는 내게 적대적인 자세를 한 번도 취한 적이 없었다. 처음부터 끝까지. 그를 감안한 결과였다.

그녀의 선택이 휘하 마족들의 선택이기도 하였다. 나는 가만히 기다렸다. 곧 아리엘이 입을 열었다.

"나, 아리엘 디아블로가 패배를 시인하고 지금부터 랜달프 브뤼시엘의 종이 될 것을 맹세한다."

아리엘은 천천히 내 발에 입을 가져갔다.

나로서도 의외였다. 별 반발 없이 순응할 줄이야.

전생에서 내가 알던 모습과는 너무나도 달랐다. 그때의 나는 약자의 입장이었기에 아리엘의 진면목을 파악하지 못한 건가?

쪽!

아리엘이 내 발등에 입을 맞췄다.

승자와 패자가 명확히 나뉜 순간이었다.

복잡한 마음은 변하질 않았다. 하지만 그 속에서 나는 격한 감동을 느끼고 있었다.

쉴 새 없이 달려왔고 좌절했지만 끝내 손에 넣었다.

가장 밑바닥에서 누구보다 높은 곳까지 올라오는 데 성공했다.

누군가가 나의 이야기를 듣는다면 믿지 않으리라. 믿고 싶어 하지도 않을 것이다.

하지만 모든 건 진실이었다. 나는 지금 그 진실을 손에 쥐기 일보 직전의 상황에 있었다.

주종의 의식이 끝나자, 눈앞으로 메시지 하나가 떠올랐다.

[지구의 모든 마족을 제압했습니다.]

[마왕의 자격을 취했습니다.]

[믿을 수 없는 업적입니다. 칭호 '마왕'을 손에 넣었습니다.]

[직업이 '마계 대공'에서 '마왕'으로 변합니다.]

[마왕은 마계의 왕입니다. 마계를 제패한 자에게만 주어지는 절대적인 이름입니다.]

[마계의 문을 여는 게 가능해졌습니다. 하지만, 카마엘의 현신으로 인해 당장은 여는 게 불가능합니다. 천계와 마계의 문은 중첩될 수 없습니다.]

Dungeon Hunter

하늘이 어둡게 물들었다. 달빛조차 보이지 않는 어둠이었다. 빛을 좀먹으며 자라난 어둠은 세계 곳곳으로 퍼져 나갔다. 동시에 보이지 않던 것들이 보이기 시작했다.

죽은 자들……. 망령이다.

수백만, 수천만, 어쩌면 그 이상의 숫자로 이루어진 망령이 내 주변을 맴돌기 시작했다. 오로지 내 눈에만 보이는 산

자와 죽은 자의 경계였다.

마왕은 다른 것을 본다. 그런 이야기가 있었다. 그저 뜬소문에 불과할 줄 알았는데 진실이었을 줄이야.

고개를 들었다. 하늘에 뜬 천계의 문과 마계의 문이 시야에 들어왔다. 둘 다 닫혀 있었지만 그렇다고 열리지도 않았다. 카마엘을 죽여야만 천계의 문이 사라지고, 마계의 문을 열 수 있는 것이다.

-원통하다.

망령들은 내게 속삭였다. 자신의 억울함을, 분노를.

극에 이른 음의 마력이다. 정신력이 부족하다면 즉시 동화되어 움직일 정도로 강력하기 그지없었다.

하지만, 나는 얇게 웃고 말았다.

이 망령들의 정체를 알 것 같았다.

'전대 마왕들이 죽인 자들. 그들이 남긴 힘들.'

많은 마왕이 있었다. 그들 대부분은 파괴적인 욕구를 참지 않는 자들이었다. 무자비한 살상을 자행했으며 그중에는 미쳐 버린 자들도 있었다. 그들이 죽인 생명을 손으로 세는 건 불가능할 것이다. 세상을 가득 채울 정도로 수많은 절망이 지금 내 귓가에 들어오고 있었다.

마왕의 업보…….

나는 고개를 끄덕였다. 언제나 그래왔다. 고대의 서적에서도, 마족에 비해 마왕은 비교도 안 되는 힘을 지녔다고. 마왕의 자리를 인정받으면 그 힘이 인계되어 순식간에 마계를 평정할 능력을 발휘할 것이라고.

이 역시 말도 안 된다고 여겼다. 하지만 대공들은 그 사실을 알고 있었던 모양이다. 그러니 그토록 마왕의 자리에 목을 맨 것이었다.

'보아하니 이 음의 마력을 얼마나 흡수하느냐가 마왕의 자질에 영향을 주겠군.'

음의 마력은 상상을 초월했다. 흡수해도, 흡수해도 끝나지 않을 양이다. 아무리 많이 흡수해야 그 양은 5%도 되지 않을 터였다.

그러나 내 정신은 고작 망령들 따위에 좌지우지되지 않는다.

나는 망령들을 치웠다. 초월자를 넘어서 신격을 얻은 나다. 순식간에 망령들의 정체를 간파했고, 그 속에 있는 것마저 깨우칠 수 있었다.

'비켜라.'

나는 명했다. 곧 망령들의 중심이 갈라지며 긴 길이 생겼다. 길의 끝. 전대 마왕들의 힘이 보관된 장소!

나는 가슴팍을 내려다보았다.

구스타르테가 균형을 맞추고자 내게 열쇠를 주었다. 이 열쇠 덕에 신격이 넘치지 않고 유유히 흐르고 있었다.

하지만, 언제든지 신이 될 위험성을 가지고 있었다.

나는 지금 그 신성을 더럽히려고 한다.

가슴팍에 손을 가져갔다.

투둑. 투두둑.

그리고 열쇠를 끌어냈다.

크와아아아아아앙!

문을 연 즉시 블랙홀처럼 내 신체는 주변의 망령들을 끌어당기기 시작했다.

하지만 내가 진정으로 바라는 건 수많은 망령 따위가 아니다. 망령 중의 망령. 전대 마왕의 힘들을 가지려고 한다.

손을 뻗었다. 마왕의 령들은 코웃음을 쳤다. 그들 역시도 항상 역대 최강이란 수식어를 달고 다니던 이들이었다. 내가 초월자에 발을 담고 신격을 얻었대도 그들 역시 만만찮은 힘으로 마계를 지배한 절대자들인 것이다.

하지만…… 한 명, 내 부름에 응하는 자가 있었다.

거대한 덩치, 거대한 날개와 산양의 뿔, 용의 껍질을 가진 자.

마왕 디아블로!

마왕의 혈족 중에서도 가장 긴 세월 간 마계를 통치했으며 그의 가문은 항상 대공 이상의 지위를 보장받았다.

귀족 중 귀족이라 할 수 있는 가문의 원류가 그였다. 아주 아득한 세월, 어쩌면 마계가 막 생겨났을 무렵 존재하던 진짜 원류의 마왕이다.

나는 짧게 고개를 숙였다. 그는 충분히 인사를 받을 가치가 있는 자였다.

―너를 지켜보고 있었다. 너와 같은 아이를 기다리고 있었다. 진정한 마족의 힘을 가진 아이여! 자신이 창조한 아이들이 두려워 그 본모습조차 없애 버린 겁쟁이 마신 데스브링어의 신격을 끌어내릴 아이여!

디아블로가 당찬 발걸음을 옮겼다. 곧 나와 합류하였고 그가 주는 충격은 주변의 질 낮은 망령들을 수없이 합친 것보다 강렬했다.

이어 디아블로는 내게 짧은 기억을 하나 보여주었다.

아득한 과거의 이야기.

바로 마계가 막 창조되었을 무렵의 모습이었다.

마신 데스브링어는 마족을 창조했다. 하지만 마족의 생김새는 내가 아는 것과 많이 달랐다. 산양의 뿔이 있었고, 가죽은 거칠었으며, 날개가 존재했다.

아는 것과 다르지만, 알고 있는 모습이다.

내가 스킬 '타락'을 시전했을 때 나는 그와 같게 변한 적이 있었다.

그리고 그 힘이 얼마나 강력한지도 알고 있었다.

데스브링어는 그를 걱정했다. 마족은 너무 강력했다. 종족 자체가 가진 힘이 신을 위협할 수준이었다. 이대로 시간이 흐르면 자신의 자리마저 위협받으리라 확신한 마신은 특단의 조치를 취했다.

종족의 퇴화.

날개와 힘의 상징은 뿔을 없애고 인간의 유전자를 넣었다.

더욱 폭력적인 성향을 거기에 덧씌웠다.

마족은 약체화했고, 이는 곧 천계와 마계의 균형을 무너뜨리는 짓이었다.

이대로 있으면 마계는 천족에 의해 멸망할 것이다. 어쩌면 마족끼리의 싸움 끝에 자멸할지도 모른다. 마신은 그것을 가만히 두고 볼 작정이었다.

당시의 마왕 디아블로는 그 사실을 알고 분개했다.

천계의 천족 역시 마족과 비슷한 강함을 가지고 설계되었다. 하지만 천계는 질서를 지키고 공존하며 균형을 잡고 있었다. 마신이라는 자는 그럼에도 단순히, 일어날지 말지 확실하지조차 않은 일에 겁먹어 스스로 낳은 아이를 죽이려 들었다.

디아블로는 두 세상의 균형이 무너지는 것을 참을 수가 없었다.

그래서 마왕의 좌에 새로운 기능을 몰래 새겼다.

마왕의 힘이 승계되도록, 그리하여 천족으로부터 마계를 지키도록!

마신 역시 알아챘지만 손을 쓰기엔 늦었다. 그리고 불멸자가 필멸자에 일에 너무 깊게 관여하면 신격이 떨어진다. 종의 퇴화를 강제로 조작하며 무리를 했기에 알고서도 지켜볼 수밖에 없었다.

그리하여 간신히, 마왕의 강력함으로 말미암아 마계와 천계는 균형을 지켜갔다. 하지만 그뿐이었다. 마계와 마족은 언제든지 멸망할 위험을 안고 있었다. 내부적으로든, 외부적으로든.

그래서 디아블로는 기다리고 있었다.

원류의 마족.

데스브링어에게 제대로 한 방 먹일 수 있는 그런 마족을 말이다.

그리고 지금, 그 기다림이 드디어 끝났다.

나는 열쇠를 다시 가슴에 꽂았다. 소용돌이치던 마력이 조금씩 잠잠해졌다. 하지만 신격을 가졌을 때의 신성성은 상당히 사라져 있었다.

거울을 문 붉은 용의 형상이 검게 물들었다. 중급신 구스타르테조차도 디아블로의 마력을 모두 막아내진 못한 모양이었다.

두 이질적인 힘이 합쳐지며 무슨 현상을 일으킬지는 아무도 알 수 없었다. 하지만 합쳐지기만 한다면 전무후무한 힘이 완성될 것이었다.

쫘아악!

나는 음의 세상을 찢어발겼다.

이로써, 진실된 마왕의 의식이 끝이 났다.

Dungeon Hunter

"마왕의 존안을 뵙습니다."

의식이 종결되었을 때, 가장 먼저 내 발치에 무릎 꿇은 건 아리엘 디아블로였다. 의식 전까지만 하더라도 반말을 고수하던 그녀가 의식이 끝나기 무섭게 태세를 전환시킨 것이다.

"마왕의 존안을 뵙습니다."

그리고 아리엘을 따라 그녀의 휘하 마족들이 차례대로 무릎을 꿇었다. 덩달아 가만히 지켜보던 휘하의 마수들도 같은 자세를 취했다. 이히마저 분위기에 휩쓸려 그랬을 정도다.

후웅.

나는 날개를 펄럭였다. 내 모습은 변해 있었다.

거대한 뿔과 날개를 가졌다. 가만히 있어도 마력이 주변에 넘쳐흘렀으며 순식간에 모든 것을 압도했다.

그야말로 힘이 넘쳤다. 신격을 가졌을 때와는 사뭇 다른 느낌이었다.

나는 상태창을 열었다. 전과 달라진 상태창에 절로 미소가 나왔다.

이름 : 랜달프 브뤼시엘

직업 : 마왕(던전 마스터)

칭호 :

　*던전사냥꾼(던전점령, 마족사냥 시 잔여 능력치+1)

　*불굴의 전사(Ex U, 모든 능력치+2)

　*최초로 요정의 축복은 받은 자(U, 마력+6)

　*근원의 주인(Epic, 모든 능력치+3)

　*언데드(Ex U, 지능체력+5)

　*지저 세계의 지배자(Legend, 모든 능력치+5, 에픽 미만 스킬의 등급+0.5)

　*원류의 마왕(God, 모든 능력치+10, 초월급의 언령 부여.)

능력치 :

　힘 127(+30)

　지능 129(+25)

민첩 121(+30)

체력 133(+32)

마력 138(+26)

잠재력 (648+143/???)

잔여 능력치 : 47

전력량 : 742GW

특이사항 : 지저 세계의 주인. 나락군주의 심장이 완전히 각성했
습니다. 모종의 이유로 강력한 신격을 얻었습니다. 원
류의 마왕 디아블로의 힘을 승계했습니다.

스킬 : 만물조합(Ex U), 십안(Epic), 다크 소드(Epic), 신검합일(Epic,
Passive), 전격의 정령(Epic), 오만(Epic), 타락(Legend), 지배의
권능(Ex Epic, Passive), 정령과의 교감(Epic, Passive), 이면 세계
(God), 진·언령(God, Passive)

적용 중인 스킬&아이템 효과 : 분노(힘+7), 나태(민첩+7), 오만(체력
+7), 신검합일(힘민첩+3)

[전후 비교]

힘 130 지 135 민 130 체 136 마 146 잠재력 (585+93/???)

힘 157 지 154 민 151 체 165 마 164 잠재력 (648+143/???)

원류의 마왕이라.

게다가 이면 세계에 이어 신 등급의 스킬이 하나 더 추가되어 있었다.

진·언령!

내 말 한마디, 한마디에 진정한 힘이 깃든다는 의미다.

타락의 등급도 올라갔다.

마음에 들었다.

나는 밑도 끝도 없이 강해지고 있었다.

능력치 총합이 800에 가까운 괴물!

이러한 능력치는 본 적도 들은 적도 없다.

그러나 이게 끝이 아니라는 생각이 들었다.

나는 더 강해질 것이다. 조금이라도 멈춰 설 생각은 추호도 없었다.

그때, 아리엘이 슬쩍 나를 올려다보았다. 그녀의 눈빛은 전과 많이 달라져 있었다.

그리움, 존경심, 아련함…….

그녀는 내가 가진 힘이 무엇인지 단번에 알아차린 것이다.

그녀의 이름은 아리엘 디아블로.

지금 내 안에 들어온 디아블로의 피를 잇고 있었다.

피는 강력한 끌림이 된다.

이런 경우는 생각조차 못했지만 나쁘지 않았다. 이로 인해 그녀는 충실한 나의 종이 되어 더욱 열성적으로 적을 처리할 것이었다.

마왕이 되었으나 아직 꿈을 완벽하게 이룬 건 아니다.

마계에 존재하는 마왕성에 들어가 자리에 앉지 못했다. 그곳에 앉아 한바탕 크게 웃는 것이 나의 꿈 아니었던가.

그러기 위해선 앞길을 가로막는 적을 처리해야 했다.

"들어라."

후우우우웅!

내 목소리에 진득한 마력이 실렸다.

게다가 '진 · 언령' 스킬이 첨가되어 있었다. 아리엘이 가진 언령과는 비교도 안 될 강력한 힘으로 주변을 사로잡았다.

모두의 시선이 내게 박혔다.

"마왕이 된 이후 처음으로 내리는 명령이다. 내 충실한 부하들이여, 앞을 막는 모든 적을 죽여라. 카마엘과 그의 천족들을 하나도 남기지 말고 쓸어버려라."

"명을 받듭니다!"

"명을 받듭니다!"

내 말은 절대적이었다.

다른 이견은 허락하지 않는다.

당연히 모두가 동의했고, 이제 남은 건 치천사 카마엘의 파멸뿐이었다.

Chapter 74

카마엘

Dungeon Hunter

카마엘은 열 장의 날개를 가진 거구의 천족이었다. 114만이라는 어마어마한 군세를 지휘하며 주변의 생명을 모조리 말살시키고 있었다.

그의 권능은 조건부 무적!

114만의 군세가 죽지 않는 한 그는 불멸하다.

천족들의 생명을 양분 삼아 꺼지지 않는 태양처럼 무수의 힘을 발휘하는 게 카마엘이었다.

하지만 카마엘은 지금 강렬한 파괴 욕구에 사로잡혀 있었다. 치천사는 본래 자아가 거의 거세되어 있다. 위대한 의지에 따라서 철저하게 움직이는 존재가 치천사인 탓이다. 그리고 카마엘은 소환의 여파로 위대한 의지의 목소리를 듣지 못하게 되었다.

그 원인을 카마엘은 주변의 이상 생명체로 몰았다. 평범한 인간들이지만 몇몇에게서 이질적인 느낌이 강하게 들었다. 오염이고, 저주라고 판단해 말끔히 지우자 결정한 것이다. 모두 지운다면 다시금 닫힌 문이 열리고 위대한 의지의 목소리가 들려올 것이었다.

실제로 그게 가능할 만큼 그는 강했다. 벌써 지구의 삼분의 일 정도가 멸망했고 풀 한 포기 남지 않은 절망의 대지로 바뀌었다. 이대로 시간이 흐르면 멸망은 피할 수 없을 듯했다.

나와 나의 군세가 그를 치기 전까지는 모두 그렇게 생각했다.

인간들은 좌절했다. 천족의 공격이 시작된 이후 아무도 그들을 막을 수가 없었다. 본래 천족은 능동적으로 인간을 사냥하지 않았다. 완전한 무시. 아예 신경조차 쓰지 않았다는 게 더욱 정확하리라. 오로지 마족과 마수만이 인간을 사냥감으로 인식하고 무차별하게 죽여 왔다.

그런데 천족의 태도가 돌연히 변했다. 그들이 가는 길에는 무수한 시체만 남았다. 서쪽에서 시작되어 동쪽으로 빠르게 진격 중인 천족의 부대. 인간들도 그들의 이동 경로에 따라 빠르게 동쪽으로 대피하기 시작했다.

그리고 그중 한 곳이 한국이다. 남은 국가 중 그나마 건재하며 빠르게 힘을 회복 중인 곳. 최강의 각성자들이 있고 평균적인 레벨도 높았다. 던전을 통해 안전하게 자원을 습득하고 있다고 알려졌으니 피난민이 생기는 것도 당연했다.

하지만 그중에는 국가 정상급의 사람들도 포함되어 있었다. 그들은 나라를 잃고 흘러 흘러 한국에 도달한 것이다.

그 탓에 수많은 문제가 생겼지만 그만큼 많은 지원 또한 얻을 수 있었다. 방어벽은 두터워졌고 철옹성을 지키는 강한 각성자도 많았다.

한국에 기거하는 모든 각성자는 합심하여 천족과의 전쟁을 준비했다.

돌연 세상이 어둠에 물들며 잇따른 '징조'가 나타나기 전까지는 모두가 한마음 한뜻으로 움직였다.

하지만 징조 이후 던전에서 마수들이 쏟아져 나오면서 각자의 선택이 조금씩 갈리기 시작했다.

"공격해야 합니다. 던전의 주인이 나온 지금이 절호의 기회입니다."

"안 됩니다. 긁어 부스럼입니다. 그가 우리를 공격하지 않는 한, 우리는 지켜만 봐야 합니다."

두 파로 나뉘어 격렬하게 싸웠다. 하지만 좀처럼 결론은 나지 않았다. 던전에선 하루가 다르게 마수들이 출격했고 외

부에서도 끊임없이 마수들이 유입되었다. 그나마 유일하게
희망적인 관측이라면 마수들이 인간을 공격하지 않는다는
점 정도였다.

사람들은 궁금했다.

한국의 던전은 조용한 편이었다. 필요 이상으로 많은 몬스
터 웨이브가 일어나지도 않았고 던전의 주인이 직접 나서서
커다란 피해를 준 적도 별로 없었다. 던전이 생성된 직후를
제외하면 말이다.

한데 지금, 한국의 던전은 유례없이 떠들썩했다. 하루가 다
르게 마수들이 생겨나고 던전을 빠져나와 어딘가로 향했다.

세계 각국의 통신이 끊겨 마수들을 따라가지 않는 한 그들
이 무엇을 하는지 알 방법이 없었다.

한데…… 중국의 기자 한 명이 한국으로 유입되며 마수들
이 무엇을 하는지 밝혀냈다.

"마수들은 천족과 싸우고 있어요. 끔찍할 정도로 처절하
게요. 천족들은 벌써 중국 란저우까지 들어왔죠. 그 이상으
로 밀고 오지 못하는 건 모두 마수들 덕분이에요. 마지막 방
어선이라도 되는 양 마수들이 싸움을 벌이고 있어요."

중국 란저우면 바로 지척이다. 결코 멀다고는 할 수 없는
거리다.

거기까지 천족들이 밀고 들어왔을 줄이야……!

상상 이상으로 빠른 진격 속도였다.

하지만 그보다 놀라운 건 마수들의 태도였다. 물론 던전에 오기 전에 저지하겠다는 것이겠지만 덕분에 한국의 위험부담이 많이 줄어든 것이다.

그래도 희망은 별로 없었다. 천족의 부대가 얼마나 많고 강력한지 사람들은 알았다. 천족과 싸운 마족도 많았지만, 지금은 거의 없다시피 했다. 모두가 죽은 것이다. 마족들도 어떻게 하지 못할 만큼 강한 군세였다.

고작 한국의 던전 하나로 천족을 모두 막을 수 있을는지…….

"막을 수 있어요. 우리가 그를 도와야 해요. 싫겠지만, 해야 합니다."

"이보세요. 한국은 지금 철옹성입니다. 여기를 버리고 나가서 그동안 우리를 죽여 온 마수를 돕자? 말이 되는 소리를 하세요."

하지만 기자의 태도는 변하지 않았다.

"마수가 아니라! 한국 던전의 주인을 말하는 거예요. 본래 한국 던전의 마족은 다크 엘프로 알려졌지만, 아니에요. 그는…… 마족의 왕, 마왕입니다. 홀로 수만의 천족을 몰살시키는 괴물이라구요! 우리가 여태껏 보아온 어떤 마족들보다 강력한 존재! 그를 거부해선 안 됩니다. 지금이라도 그를 따라 천족을 공격해야 해요."

기자는 회상을 하듯 눈을 감더니 이내 몸을 부르르 떨었다.

"마족에게 왕이 있다고? 그렇다면 그놈이야말로 우리의 진정한 적이 아닌가?"

대부분의 각성자는 반대했다. 목소리를 높이고 욕했다.

하지만 기자의 편을 드는 이들도 없지는 않았다.

"필요악이라고 했어. 천족은 인간을 몰살시키려고 작정을 했지만, 그 마족의 왕은 적어도 인간을 몰살시킬 생각은 없지. 이 기자의 말이 사실이라면 언제든지 한국 정도는 쓸어 버릴 수 있었을 텐데 말이야. 우리는 선택해야 해. 살기 위해 차악을 선택할 것인가, 아니면 여기서 최후를 맞이할 것인가를."

사실 모두의 의문이었다.

한국 던전의 주인. 그는 다른 마족들과 조금 달랐다. 적어도 인간을 수탈하거나 무작정 전멸시키려 들지는 않았다. 적당한 위협만 한 번씩 던져 줬을 따름이다.

반면 천족은 아무런 이야기도 통하지 않았다. 무조건적인 배척! 개미 밟듯이 인간을 무차별하게 학살하고 있었다.

결국 모두의 선택은 한 사람에게 미뤄졌다.

에드워드 윈저, 그리고 유은혜.

에드워드는 성군이지만, 실질적으로 한국은 관리하는 건

유은혜였다. 에드워드는 너무 어렸고 반면 유은혜는 수많은 경험을 한 베테랑이었으므로.

실질적인 선택권은 유은혜에게 있다고 해도 과언이 아니다.

"우리는……."

그리고 모두의 기대를 받으며 유은혜가 입을 열었다.

"별동대를 구성해 천족을 공격합니다. 그들이 이곳까지 도달하면 피해는 실시간으로 막대하게 불어나겠지만 바깥에서 막을 수만 있다면 피해를 최소화할 수 있습니다."

"마족을 돕겠다는 겁니까?"

"아니요. 솔직하게 말하겠습니다. 살고 싶어서 그럽니다. 우리는 지금까지 살아남아 많은 힘을 비축하고 희망을 쌓았습니다. 그래도 부족합니다. 우리에겐 시간이 필요합니다. 하지만 죽으면 아무것도 할 수 없습니다. 우리가 죽으면 인류는 끝입니다. 인류의 마지막 희망이 우리이기 때문입니다."

살고 싶다.

그 한마디가 주는 파급력은 굉장했다.

이곳에는 힘없는 자도 수없이 많았다. 하지만 그들은 미래의 희망이었다. 이곳에서 싸우면 그들이 짓밟힐 위험이 너무나 많았다. 그러니 그전에 힘 있는 자들이 적들을 막아내야 했다.

유은혜는 어느 정도 사람들의 마음이 움직였다고 보고, 한 가지 더 첨언했다.

"아직 천족의 공격을 받지 않고 정부가 남아 있는 나라들에게 메시지를 보내겠습니다. 아니, 그들이 참여할 수밖에 없도록 만들겠습니다. 이 싸움은…… 인류 최대의 고비이자 최후의 싸움이니까요. 이 싸움에서 모든 게 결정 날 겁니다."

유은혜의 표정이 잔뜩 굳었다.

희망을 피울지, 피우기 전에 져 버릴지.

이 싸움에서 모든 게 판가름 날 것이다.

모든 포인트, 업적 점수를 때려 박았다. 최대한 효율 좋은 마수들을 소환해 천족 사냥에 열을 올렸다. 나를 감당할 천족이 없대도 상대가 너무 많았다. 나 혼자 114만에 이르는 천족 전체를 사냥할 순 없는 노릇이다.

[남은 천족 숫자 - 371,332]

이것 역시 퀘스트로 인정을 받았는지 남은 숫자가 친절하게 띄워졌다.

나는 보름간 100만에 달하는 천족을 사냥했고, 그 못지않은 마수를 잃었다. 슬슬 포인트가 고갈되고 자연적으로 생성되는 마수들의 숫자도 피해를 따라가지 못하고 있었다.

'카마엘이 움직이기 시작했다.'

무엇보다 카마엘이 문제였다. 실제로 사냥이 개시된 직후 나는 놈을 노렸다. 격이 다른 나의 공격에도 무적을 유지할 수 있을지가 궁금했던 것이다. 그리고 유지가 된다는 결론을 내렸다. 투명한 막이 생겨나 내 공격 모두를 막았다.

어이가 없었다. 정말 모든 공격을 무효화시키는 스킬이 존재할 줄은……. 조건부라지만 저런 권능도 다 있나 싶었다. 그다음부턴 하는 수 없이 몸을 빼곤 천족 사냥에 나설 수밖에 없었다.

그런데 살짝 아슬아슬하다. 시간은 유한했다. 나 혼자서는 분명히 한계가 있었고, 저들이 던전을 몰살시키고 인류를 끝장내면 그때부턴 진정으로 싸움이 힘들어질 게 뻔했다.

그러니 그 전에 끝장내야 함이다.

조금만 더 여유가 있었다면 수월했겠지만 아리엘과 그 휘하 마족 모두의 힘을 합쳐도 아슬아슬하게 부족했다.

'조금의 병력이 아쉬운 판국이로군.'

게다가 천족들도 멍청하진 않았다. 나를 막지 못한다는 걸 깨닫고 나만을 피해가기 시작했다. 그들은 따로 본거지가 없으니 자유롭게 이곳저곳을 날아다닐 수 있었다. 그로 인해 내가 없는 곳은 적잖은 타격을 받았다.

특히 카마엘은 강력하기 짝이 없었다. 그를 막을 마수나 마족이 없었다.

아리엘 디아블로? 글쎄…….

내가 판단하기엔 그녀도 역부족이었다.

'직접 나설 수밖에 없겠군.'

쯧!

혀를 찼다.

전형적인 시간 끌기다. 내가 카마엘을 상대하며 시간을 벌 동안 다른 마족과 마수들이 천족 모두를 쓸어주길 기원해야 했다.

천족 모두가 사라지고 저 방어벽이 없어지면 카마엘을 끝장낼 수 있다.

내 마력은 언뜻 무한해 보였지만, 무한하진 않았다. 그러니 시간 싸움이라 말을 붙였다.

'어쩔 수 없지.'

분노와 황제의 검을 들었다. 이제는 이 수밖에 없는 듯했다.

카마엘은 컸다. 족히 5m는 되어 보였다. 물론 전생에서 본 치천사보단 훨씬 작았지만 그놈은 생명체가 아니었다. 거대한 행성과 닮은 무언가였지.

반대로 카마엘은 생명체였다. 기다란 창을 들고 무심하게 주변을 둘러보고 있었다. 당연히 주변에선 연기가 피어오르는 등 파괴 공작이 한창이었다.

내가 나타나자 카마엘이 시선을 돌렸다. 한 번 공격을 왔다가 빠져나간 전적이 있는 나로선 굴욕적이었지만, 그래도 이제는 피할 수 없었다. 카마엘로 인해 마수들이 몰살당하여 나 혼자 천족 모두를 때려잡는 건 힘든 일이었다.

슬쩍 옆으로 눈을 돌리자 허공에 뜬 메시지 하나가 계속해서 눈에 밟혔다.

[남은 천족 숫자 - 271,994]

지금까지의 진행 속도대로라면 일주일 안팎으로 결과가 나올 것이었다. 그리고 나는 일주일간 카마엘을 붙잡고 늘어질 계획이었다.

"한번 어울려 보자꾸나, 치천사 카마엘."

"……."

카마엘은 말이 없었다. 대신 창을 들었다.

좌아아아악!

창을 날렸다고 생각한 순간 내 앞에 나타났다. 공간을 꿰뚫고 도약한 창이 내 이마를 꿰뚫고자 빠르게 날아왔다.

좌앙!

하지만 이미 예상하고 있었다. 알고 있는데 맞아줄 정도로 나는 멍청하지 않다.

다크 소드와 뇌신, 오만의 불꽃을 차례대로 두 자루 검에 씌웠다.

쿵!

나 역시 놈이 반응하기도 전에 앞으로 도약하여 면상에 검을 꽂았다. 하지만 얇은 방어막이 여전히 건실하게 막아서고 있었다.

"쯧!"

모든 부분에서 내가 우위에 있지만 단 하나, 이 방어막을 뚫질 못한다.

마음에 들지 않았다.

카마엘 주변에는 많은 천족이 있었다. 그 숫자만 삼만에 달했다. 그들이 일제히 공격하면 까다롭기 그지없는 일이 되겠지만 해결 방법은 쉬웠다.

"끼어들지 마라."

진·언령. 압도적인 언어의 힘이 내게 깃들어 있었다.

단순히 말로만 통하는 게 아니라 손짓, 발짓, 내 모든 표현에서 묻어났다. 천족들은 달려들던 와중 날갯짓을 멈춘 채 마치 벽이 생긴 것처럼 다가오질 못했다.

십만의 천족이 내가 하는 행동을 보고만 있었다. 슬쩍 카마엘에게 시선을 돌렸지만 투명한 방어막이 깊게 울릴 뿐 통하진 않았다.

'저 권능이 문제로군.'

내 언령의 힘은 가히 권능이라 칭해도 부족함이 없다. 하지만 카마엘이 가진 저 보호막 역시 권능이라 할 수 있었다. 같은 등급의 권능과 권능은 약간의 방해는 할 수 있을지언정 서로 그 영역을 침범하지 못하는 듯싶었다.

말인즉, 저 보호막만 걷어내면 카마엘은 더 이상 내 적수가 아니라는 뜻이다.

'천족이 모두 제거되길 기다려야겠군.'

때마침 카마엘의 주변으로 수많은 천족이 모여 있었다. 나는 카마엘을 상대하며 동시에 저 구경꾼들을 제거하기로 마음먹었다.

화아아아악!

오만의 불꽃이 하늘 전체를 좀먹었다.

검으로 하나하나 죽이는 건 시간이 너무 오래 걸린다.

수웅!

나는 다크 소드를 길게 늘어뜨렸다. 대략 200m 길이까지 늘어난 다크 소드를 장난감처럼 휘두르자 검에 닿은 천족은 즉시 잘게 분해되어 소멸되었다.

카마엘이 나를 막아서고자 수천 개의 창을 던져 댔지만 내

일방적인 학살을 막기엔 역부족이었다. 천족들은 언령에 따라 공격을 하지 못했고, 가만히 있는 적을 처리하는 것만큼이나 간단한 일은 없었다.

'그래도 숫자를 줄이기는 했구나, 카마엘.'

일전에 찾아왔을 때에도 비슷한 일이 있었다. 당시 카마엘 주변으로는 10만의 대군이 와글와글 모여 있었다. 나는 옳다구나 하고 10만의 천족을 제거했다. 내가 카마엘을 어찌할 수 없는 것처럼 카마엘도 나를 막지 못했다.

이후 카마엘은 자신의 주변에 많은 천족을 두지 않았다. 내 움직임을 관찰하며 최저의 천족만 배치해 두었다. 아예 혼자 움직일 때도 많았다. 모여 있어봤자 내 사냥감이 된다는 걸 카마엘도 깨달은 듯싶었다.

서로가 가진 방패는 감히 건들 수 없을 정도로 견고했다. 하지만 카마엘의 방패는 조금씩 균열이 생기고 있었다.

'언제까지 버티나 보자.'

천족의 숫자는 빠르게 줄어들었다.

내 휘하의 마수도 많이는 남지 않았다.

내가 여기서 3만을 제거한대도 나머지 천족들이 마수들과 자웅을 겨루는 중이었다.

그들의 순수한 싸움이 될 듯싶었다.

나는 여기서 카마엘의 발을 무한정으로 묶어둘 셈이었으

므로.

그때였다.

파파팟!

카마엘도 내 의도를 알아차렸다. 어차피 그의 힘으로는 나를 막지 못한다는 것 역시 안다. 하여 카마엘은 천족들을 버리고 움직이기 시작했다. 필시 나의 휘하 마족과 마수들을 사냥하기 위함이다. 가만히 두고 볼 리가 없었다.

콰아아앙!

뇌신이 앞섰다. 아예 카마엘의 전신을 통째로 삼켜 버렸다. 별다른 타격은 주지 못했지만 움직임에 영향을 끼쳤다.

그 찰나와 같은 사이에 내가 카마엘 앞에 당도했다.

"어디를 가느냐."

입가에 호선을 그렸다.

속도 역시 내가 위다. 놈은 내 허락 없이 이곳을 빠져나갈 수 없었다.

"……."

그쯤 되자 카마엘의 눈썹이 살짝 찡그려졌다.

"인형은 아니었나 보군."

입가의 호선이 더욱 짙어졌다.

놈과 마주친 이후 처음으로 보는 감정의 표현이었다.

싸움은 3일간 이어졌다. 아직 끝나지 않았고, 언제 끝난다고 확신을 할 수 없는 단계까지 왔다. 천족이 줄어드는 속도가 많이 느려진 탓이다.

[남은 천족 숫자 - 153,229]

한 마리도 남김없이 모두 죽이는 게 가능할까 싶지만 탐지 능력이 뛰어난 마수도 많았다.

그보다 한 시간에 천 이하로 숫자가 줄어드는 게 문제였다. 이대로 속도가 계속해서 느려지면 기약 없는 싸움이 될 수도 있었다.

지루한 소모전.

나는 쉴 수 없었고, 반면 카마엘은 재충전의 시간을 가질 수 있었다. 보호막은 따로 신성력이 들어가지 않는 고유의 권능이었으니.

나 역시 그를 깨닫고 수비적인 태세를 취하고만 있었다. 카마엘이 무리하여 내 움직임을 피해가려고 할 때만 적극적으로 나섰다. 하지만 그런 행위가 자주 반복될수록 마력은 착실히 소모되는 중이었다.

이대로 계속하면 기껏해야 보름을 버티고 말 것이다. 타격이 통하지 않는 놈을 상대하는 데 들어가는 마력은 상상 이상이었다. 아무리 수비적인 태세를 취한대도 한계가 있었다.

'마수가 많이 줄었다.'

나는 계속해서 이히를 통해 보고를 받는 중이었다.

전체적인 숫자 자체는 천족보다 많다.

하지만 카마엘이 이끄는 천족은 그리니치 천문대에서 상대한 천족보다 훨씬 강했다. 숫자가 조금 많다고 승리를 확신할 순 없는 상황이다.

그나마 희망적인 관측이라면…….

'인간들.'

바로 인간들의 참전이었다.

솔직히 생각진 못했다. 내가 움직일 수 있는 인간 군집이라 해봤자 한국이 한계다. 그런데 지금, 남아 있는 각성자 대부분이 모여 천족에 대항하고 있다고 한다.

인간들은 뭉칠수록 강하다. 전생에서 숱하게 경험한 진리였다. 그리고 모일수록 빠르게 강해진다. 영웅이 출현하고, 끝내 대공과 공작들도 상대한 게 인간이었다.

텅텅 비어버린 던전을 공격하지 않은 것만으로도 훌륭하다 할 텐데, 도리어 마수들을 도와 천족을 상대하고 있다고 했다.

'크리슬리의 계획이 먹혀들어 갔군.'

이히는 이 모든 게 크리슬리의 머리에서 이뤄진 작전이라고 했다. 크리슬리가 유은혜를 움직였고 유은혜가 인간들을 선동했다. 덕분에 조금이라도 도움을 받고 있었다.

예컨대, 외곽 쪽에서 움직이는 천족들을 죽이긴 어렵다. 그런 자잘한 부분을 인간들이 처리해 주면 나로선 만족스러울 따름이었다.

특히 한국 각성자들의 활약이 눈부셨다. 다른 각성자들보다 높은 수준의 강함으로 천족을 상대하는 데 크게 어려움이 없었다. 조금은 키운 보람이 있었다.

"너와 내가 싸울수록 이곳은 마계화해 가는 것 같지 않나?"

황폐화된 대지. 시선이 닿는 지평선 끝까지 모든 환경이 이러했다. 나와 카마엘이 싸우며 생겨난 흔적들이 대지 곳곳에 새겨져 있었다.

카마엘은 신경질적으로 창을 휘둘렀다.

가볍게 받아내곤 어깨를 으쓱했다. 나보다 더 심심한 녀석이란 생각이 들었다.

7일 차.

슬슬 이 지루한 소모전을 벗어나고 싶었는지 카마엘도 행동에 변화를 주기 시작했다. 아예 나를 무시하며 이동하기로 작정을 한 것이다.

그러나 가만히 보내줄 내가 아니다. 타격이 먹히지 않다

뿐이지 공격을 가하면 멈칫하기는 했다. 나는 오만의 불로 벽을 세우고 지배의 권능으로 말미암아 공간을 내 손바닥 아래에 놓았다. 게다가 내 언령이 아예 먹히지 않는 것은 아니었다.

"멈춰라."

공격형이 아니라면 어느 정도 효과가 있었다. 지속 시간은 길지 않았지만 움직이는 녀석의 발을 묶기엔 충분했다. 권능끼리 충돌할 때 저마다 특화된 부분을 잘만 공략한다면 부딪히지 않고 원하는 바를 이룰 수가 있다는 걸 깨달았다.

카마엘의 저 보호막은 오로지 방어가 목적이다. 그러니 공격할 의도가 없다면 완전히 막아내진 못한다.

내가 말을 꺼낸 것과 동시에 카마엘이 거짓말처럼 우뚝 섰다. 카마엘의 얼굴이 잔뜩 구겨졌다. 하기야 속이 타지 않으면 이상한 일이었다.

움직이는 것조차 자유롭지 못하고, 그렇다고 전투로 나를 이길 수 있는 것도 아니다. 천족들은 속도가 느려졌을 뿐 지금도 쉴 새 없이 쓰러지는 중이었고 그들과 이어진 카마엘은 당연히 영향을 받을 수밖에 없었다.

카마엘이 다시 이동했다.

"멈춰라."

그리고 멈춰 섰다.

물론 항상 먹히진 않았다.

간혹 언령이 방어될 때가 있었다. 확률의 싸움인 듯싶었다. 그럴 때마다 내가 직접 나서서 놈의 움직임을 막아야 했다.

'10만가량이 남았군.'

이 소모전이 언제까지 계속될지가 관건이었다.

쯧.

작게 혀를 찼다. 카마엘을 상대하며 유독 혀를 차는 횟수가 많아진 것 같았다.

15일 차.

슬슬 내 몸에도 부담이 찾아왔다. 마냥 전처럼 카마엘의 움직임을 잡아낼 수 없었다. 간혹 놓치기도 했고, 그 과정에서 상당수의 마수가 죽어 나갔다.

이를 갈았다. 벌어들이는 포인트로 족족 마수를 사들였지만 잃는 속도가 훨씬 빨랐다. 그 많던 마수도 고작 4만 남짓이 남았을 뿐이었다.

반면 천족은 2만이 넘게 남았다.

하루에 1만씩 줄어들던 숫자가 이제는 3, 4천 정도밖에 줄어들지 않았다.

이대로 가면 나의 패배다.

모든 마수를 잃고, 던전을 잃으면 더는 나를 보충할 것들이 없어진다.

—마스터, 가파람이 호문쿨루스를 대량으로 만들었어요. 오로지 천족을 사냥하는 데 특화가 됐대요. 수명은 짧지만 구스타르테를 연구하면서 천족에 대해 잘 알게 되었다고 해요. 이히히!

돌연 이히로부터 통신이 들어왔다.

아아, 가파람. 그가 있었다. 안 그래도 전투가 시작되기 전 내게 시간을 달라고 했다. 나는 고개를 끄덕였고 이제야 결과가 나온 것이다.

오로지 천족을 사냥하는 데에만 특화된 호문쿨루스!

이히의 언질이 있은 다음부터 천족이 줄어드는 속도가 확연하게 올라갔다.

마침내 20일째가 되었을 때, 남은 천족은 고작 400에 불과했다.

하지만…… 400에서 좀처럼 줄어들질 않았다.

'숨겨두었군.'

한 마리도 남김없이 제거해야 한다. 카마엘이 위험을 느끼고 천족들을 세계 각지에 분산시켜 둔 것이 분명했다.

이대로 시간을 끌면 자신의 승리라 확정한 것이리라.

21일. 남은 숫자가 350이 되었다.

22일. 270에 불과했다.

마침내 25일이 되었을 때, 천족의 숫자는 10을 가리키고 있었다. 하지만 나 역시 카마엘을 쓰러뜨릴 마력은 남겨둬야만 했다.

슬슬 한계에 달하고 있었다.

그야말로 종이 한 장 차이의 싸움.

그리고 28일째.

[남은 천족 숫자 - 1]

어제부터 이 한 마리가 도저히 줄어들질 않는다.

나는 카마엘을 번번이 놓쳤고, 졸지에 휘하의 마족들과 마수들은 남은 천족 한 마리를 사냥하기보다 피해 다니는 데 급급하게 되었다.

Dungeon Hunter

유은혜는 각성자 300여 명을 이끌고 천족과 싸우는 중이었다. 처음에는 천에 달하는 대규모 부대였지만 한 달이 지나자 이것뿐이 남지 않았다. 그래도 이 숫자라도 남길 수 있었던 건 그녀의 기지가 빛을 발했기 때문이다.

"천족이 보이지 않아요. 이제 전멸한 거 아닐까요?"

여자 각성자가 유은혜에게 말을 걸었다. 그러나 유은혜는 단호히 고개를 저었다.

"아직 남아 있어요. 분명히. 다른 부대에게 전하세요. 주변의 탐색을 게을리하지 말라고!"

각성자들은 각자 파티를 이뤄 세계 곳곳으로 흩어졌다. 그러나 며칠 전부터 천족을 발견했다는 소식은 들려오지 않고 있었다. 모두가 끝났다고 생각했다. 하여 의식이 상당히 느슨해져 있었다. 그러나 유은혜는 끝나지 않았다는 걸 안다.

쿵! 콰르릉!

저 멀리에서 천지가 개벽하듯 거대한 소리가 들려왔다.

"끔찍하군요. 마왕의 싸움이라는 건."

바로 최강의 천족과 마왕이 싸우는 소리였다. 거리가 엄청나게 떨어져 있음에도 바로 지척에서 싸우는 것처럼 소리는 우렁차기 그지없었다.

세상이 어둠에 잠기고 빛이 새어 나오는 걸 수없이 반복했다.

그 싸움을 보고 있노라면, 인간이란 존재가 얼마나 작은지 깨달을 수 있었다.

"저기! 마지막 천족이 있습니다!"

그때였다. 각성자 중 누군가가 크게 소리쳤다.

이곳은 판데모니엄의 던전 근처였다. 이 근처에는 수많은 마수의 시체가 즐비했다. 카마엘이 소환된 장소이기 때문이다.

하여 누구도 이 근처에 다가가지 않았고, 다가갈 생각을 하지 않았다.

시체가 썩어서 나는 악취만으로도 충분한 이유가 되었다.

한데, 판데모니엄이라 추정되는 시체에게서 작은 빛이 흘러나왔다. 그 빛은 분명히 천족의 것이었다.

"교묘하게 잘도 숨겨놨군요."

마지막 천족!

카마엘이 판데모니엄을 찢어 죽일 때, 놈의 시체에 몰래 숨겨둔 게 분명했다.

이런 상황을 대비하고자 말이다.

하지만 시체가 조금씩 부패하고 없어지며 결국 빛이 새어 나오게 되었다.

역시나. 아주 작은 천사가 시체 안에서 몸을 부들부들 떨며 숨어 있었다.

그것을 본 유은혜는 가차 없이 말했다.

"없애세요."

드디어!

나는 회심의 미소를 지었다.

드디어 남은 천족의 숫자가 0을 가리켰다.

그와 동시에 보호막이 울렁대며 조금씩 증발해 나갔다.

이윽고 카마엘은 벌거숭이가 되었다.

녀석의 표정도 가관이었다. 잔뜩 붉어진 얼굴. 자신의 패배를 받아들이지 못하는 것일까?

"카마엘, 이제 끝을 내자."

나는 비축해 둔 모든 마력을 풀었다.

오로지 놈을 잡고자 계산에, 계산을 거듭해서 비축한 마력이다.

후우우웅!

거센 폭풍이 불었다. 오만의 불길이 끝도 없이 기다란 장벽을 세웠다.

그 속에 나와 카마엘만이 남아 있었다.

Chapter 75
마계

Dungeon Hunter

카마엘을 붙잡았다. 권능 없는 천족은 더 이상 내 상대가 아니었다. 나 역시 멀쩡하다고 할 수는 없었지만 한 달간의 싸움이 드디어 종결된 것이다.

하지만 나는 카마엘을 없애지 않았다. 바닥에 처박아 둔 채 활용할 방법을 찾았다.

'구스타르테처럼 흡수할 방법이 없을까.'

나는 한 번 신격을 흡수했다. 덕분에 기대 이상의 성과를 얻었다. 물론 완전히 자의적으로 이루어진 일은 아니지만 카마엘마저 흡수한다면 더한 괴물이 될 수 있을 것이다.

그저 초월자에 지나지 않았다면 불가능한 일이다. 설령 흡수하는 데 성공하더라도 육신이 버티지 못하고 터져 버릴 것이다. 몇 번이나 재구성된 육체가 있더라도 마찬가지다.

하나 내겐 균형의 열쇠가 있었다. 더불어서 아직까진 빈자리가 남아 있는 상태였다. 나는 한계에 도달하지 않았다. 더 강해질 여력이 분명히 있었다.

'식탐…….'

탐식이라고도 하는, 가짜 식탐으로 만들어진 돌멩이를 손에 쥐었다. 칠 대 죄악은 신을 겨냥하고 만들어졌으니 이 중에서 방법이 있을 수도 있었다.

그리고 식탐이라면 내 의도에 부합한다.

고개를 주억였다.

무언가를 흡수할 힘으로선 식탐만 한 것이 없다.

하지만 이건 가짜다. 가지고 있다고 하여서 스킬이 생성되진 않는다. 칠 대 죄악은 어둠의 정령왕이 가지고 있었다.

하나, 방법이 없지는 않았다.

나는 만물상점과 업적 상점에서 남은 포인트로 '흡수, 소화'와 관련된 스킬을 있는 힘껏 사들였다.

만물조합. 이 스킬 역시도 조합이 되는 만능의 스킬이다.

이후 가짜 식탐의 돌멩이와 스킬을 조합해 볼 작정이었다.

물론 이건 위험한 행동이다. 한 번 생성된 스킬은 삭제할 수 없고, 생성된 스킬이라 하여 모두 좋지는 않았다.

디버프를 거는 스킬이 섞인다면 그야말로 진퇴양난의 상

황에 빠지는 것이다. 전생에서 공작 디펠라가 비슷한 짓을
하다가 망한 경우가 있었다. 하지만 나는 경우가 달랐다.

"이면 세계."

처음으로 스킬을 작동시켰다. 그러자 왼쪽 팔등의 문신이
빛을 내기 시작했다.

[강화할 스킬을 선택해 주세요.]

두고 볼 필요도 없었다.

"심안."

그 단어를 입에 담자 거울을 삼킨 용이 눈을 번뜩였다.

['심안(Epic)'이 '신의 눈(Demigod)'으로 강화되었습니다.]

후우우웅.

빛이 잠잠해졌다.

이윽고, 세상을 바라보는 시점이 천천히 바뀌어 갔다.

신의 눈.

모든 걸 굽어보는 절대자의 능력이다.

주변의 모든 순환이 눈에 새겨졌다. 그저 지켜보는 것만으
로도 바위나 모래 따위가 언제 생성되고 어떤 세월의 흔적을

견뎌왔는지 알게 되었다.

완벽한 과거의 추적은 안 되었지만 중요한 사건들은 재생되듯 아롱이 밝혀졌다.

허!

기가 차서 말이 안 나왔다. 심안일 때에는 이 정도까진 아니었다. 하지만 등급이 오르며 아주 조밀한 것들까지 시선에 들어오기 시작했다.

나는 고개를 들었다. 하늘에는 여전히 천계의 문이 닫힌 채 그 자리에 있었다. 하지만, 여태껏 눈치채지 못한, 문 중심의 거대한 외눈이 있다는 게 달랐다.

거대한 외눈은 지상을 살피고 있었다.

정확히는, 나를 바라보고 있었다.

'천계의 눈이로군.'

나는 즉시 하늘로 날아올랐다.

천계의 문까지 다다라 정면으로 거대한 외눈을 마주봤다.

"불특정하게 소환된 카마엘을 살피느냐? 아니면 나를 감시하는 건가? 천계에 해가 될지 말지를?"

순간 거대한 외눈이 쪼개졌다. 수천, 수만으로 쪼개진 눈들이 일제히 나를 보고 있었다. 나는 그 중심에서 피식 웃고 말았다.

"생각한 것보다 겁이 많군. 이제 보니 알면서도 안 움직였어."

무엇을?

데스브링어의 계략이다.

어쩌면 이 눈은 처음 천족들이 소환됐을 때부터 있었을지도 모른다. 그때부터 계속 지상을 살폈다면 데스브링어의 계략을 모를 리가 없다.

하지만 별다른 움직임을 보이지 않았다. 지구는 자신과는 상관없다는 생각에서일지, 아니면 천계에 해가 되지 않으면 신경 쓰지 않겠다는 심보인지는 모르겠지만……. 천왕이라는 자, 혹은 그 위의 천신은 상당한 겁쟁이임이 분명했다.

"계속해서 지켜보아라. 하지만 지켜만 봐야 할 것이다. 나의 싸움에 끼어든다면, 그 즉시 너희 천계를 멸망시켜 주마. 약속한다."

쿠웅!

마력을 담아 천계의 문을 두드렸다. 그렇다고 열릴 리 만무하지만 계속해서 몰래 지상을 살폈다는 게 마음에 들지 않았다. 차라리 평생 방관자로만 남아줬으면 싶었다. 카마엘처럼 억지로 소환당하는 게 아닌 이상에는 말이다.

그게 아니라면 철저하게 무너뜨릴 것이다.

마왕의 약속이었다.

신격을 소유하고, 디아블로의 힘을 가진 나다. 그리고 언령을 사용하는 자는 자신의 말에 무게를 가져야 한다. 거짓을 계속했다간 언령은 힘을 잃는다. 격도 천천히 사라지게 된다.

심안의 등급이 이만큼 올라서야 저것을 눈치채다니…….

기분이 나빴지만 선전포고는 이만하면 되었다. 천계의 왕, 혹은 신은 내가 하는 말을 똑똑히 들었을 것이다.

나는 지상으로 내려왔다. 던전으로 들어가 코어를 찾았다.

그리고 만물상점과 업적 상점을 살피며 필요한 것들을 찾았다.

'역시 보이는군.'

내가 바라는 건 스킬의 조합이었다.

만물조합을 통해 가짜 식탐의 돌멩이와 스킬을 합칠 생각이었다.

그리하여 흡수할 힘을 갖추고 이면 세계를 통해 등급을 끌어올린 후 카마엘을 갖는 게 나의 목표였다.

나는 만물조합을 활성화시킨 채, 식탐을 등록해 두고 상점의 스킬북을 둘러봤다. 그러자 무슨 스킬을 조합하면 어떠한 결과물이 나올지가 보였다.

답을 알고 있다면 모험을 할 필요가 없다. 전생의 디펠라처럼 실패를 경험하지 않아도 된다는 뜻이다. 아무런 리스크 없이 최대의 이득을 챙길 수 있을 것 같았다.

'한 번으로는 안 될 듯한데.'

가장 먼저 '식욕(Normal)'과 식탐의 돌멩이를 조합했다.

그러자 '흡착(Rare)' 스킬이 생성되었다. 하지만 이것만으로는 안 된다.

다시 '소화(Normar)' 스킬과 식탐의 돌멩이를 조합했고, 그 결과물로 '생체 흡수(Rare)'스킬이 만들어졌다. 하지만 이 흡수는 내가 바라는 종류의 흡수가 아니었다.

그러나 흡착과 생체 흡수를 조합하면 원하는 결과가 나오게 되어 있었다.

['강탈(Ex R)' 스킬이 완성되었습니다.]

바로 이거다!

즉시 고개를 끄덕였다.

강탈.

강제로 가져와 취하는 것이다.

처음에는 타락을 강화할까 고민도 했지만 자연스럽게 레전드 등급이 된 것을 반등급 올려봤자 효율이 매우 떨어진다. 그럴 바엔 낮고 좋은 효과를 가진 스킬을 올리는 게 훨씬 좋으리라 판단했다.

"이면 세계."

[강화할 스킬을 선택해 주세요.]

고민할 게 있겠는가.

"강탈."

['강탈(Ex R)'이 '절대적 약탈(Demigod)'로 강화되었습니다.]
[이면 세계로 강화할 수 있는 모든 스킬을 강화했습니다. 더 이상의 스킬을 강화하는 건 불가능합니다.]

Dungeon Hunter

카마엘은 치유 불가의 상처를 입고 바닥 깊숙한 곳에 처박혀 있었다. 나는 쓰러진 채 미동도 없는 놈의 얼굴을 쥐고 들었다. 5m에 달하는 신장이지만 못 들 것도 없었다.

나는 표정을 굳혔다. 강탈 스킬을 강화시킨 보람이 있을지가 지금 판가름 난다. 만약 별다른 효과가 없다면 돌이킬 수 없는 실수를 저지른 것이다.

나머지 한손을 가슴팍에 가져갔다. 열쇠를 돌려 내부를 열자 화아아악-! 하는 소리와 함께 거센 마력의 돌풍이 불었다.

"절대적 약탈."

내가 약탈할 대상은 하나.

놈의 힘이었다.

쩌정!

말이 끝난 즉시 가장 먼저 무언가 금이 가는 소리가 들렸다.

이윽고 카마엘의 정수리에서 하얀빛이 새어 나왔다.

빛은 이내 내가 연 마력의 창고로 들어오기 시작했다.

[치천사 카마엘의 힘을 약탈했습니다.]

[카마엘은 강대한 신격을 갖춘 천족입니다. 약탈에 성공했으나 그를 중화시킬 무언가가 없다면 약탈자는 상당한 부작용을 얻게 될 것입니다.]

약탈자라!

마음에 들었다. 어차피 나는 사냥꾼이었다. 사냥꾼은 무언가를 약탈하는 존재다. 그런 의미에서 이만큼이나 나를 잘 표현한 단어는 없었다.

카마엘의 정수리에서 모든 힘을 빨아들인 이후 나는 다시 열쇠를 잠갔다. 힘이 소용돌이치며 기존의 힘과 융화되어 갔다.

'포만감이 드는군.'

만족감이라 표현할 수도 있으리라.

그래도 확실한 건 강해졌다는 것이다.

나는 굳은 표정을 풀었다. 잔잔한 미소가 입가에 머물렀다.

'상태창.'

강해졌다면 확인하지 않을 이유가 없었다.

이름 : 랜달프 브뤼시엘

직업 : 마왕(던전 마스터)

칭호 :

　*던전사냥꾼(던전점령, 마족사냥 시 잔여 능력치+1)

　*불굴의 전사(Ex U, 모든 능력치+2)

　*최초로 요정의 축복은 받은 자(U, 마력+6)

　*근원의 주인(Epic, 모든 능력치+3)

　*언데드(Ex U, 지능체력+5)

　*지저 세계의 지배자(Legend, 모든 능력치+5, 에픽 미만 스킬의 등급+0.5)

　*원류의 마왕(God, 모든 능력치+10, 초월급의 연령 부여.)

능력치 :

　힘 130(+30)

　지능 149(+25)

　민첩 125(+30)

　체력 145(+32)

　마력 142(+26)

잠재력 (689+143/???)

잔여 능력치 : 47

전력량 : 742GW

특이사항 : 지저 세계의 주인. 나락군주의 심장이 완전히 각성했
     습니다. 모종의 이유로 강력한 신격을 얻었습니다. 원
     류의 마왕 디아블로의 힘을 승계했습니다.

스킬 : 만물조합(Ex U), 신의 눈(Demigod), 다크 소드(Epic), 신검합일
     (Epic, Passive), 전격의 정령(Epic), 오만(Epic), 타락(Legend), 지
     배의 권능(Ex Epic, Passive), 정령과의 교감(Epic, Passive), 이면
     세계(God), 진·언령(God, Passive), 절대적 약탈(Demigod)

적용 중인 스킬&아이템 효과 : 분노(힘+7), 나태(민첩+7), 오만(체력
+7), 신검합일(힘민첩+3)

[전후 비교]

힘 157 지 154 민 151 체 165 마 164 잠재력 (648+143/???)

힘 160 지 174 민 155 체 177 마 168 잠재력 (691+143/???)

"훌륭하군."

드디어 능력치 총합 800을 넘겼다.

그리고 카마엘이 방어적 권능을 지녔던 천족이라 그런지
그와 관련된 능력치가 대폭 상승했다. 지능과 체력이 말이

다. 이 정도 수치면 거의 모든 마법적 공격에 내성이 생겼대도 틀린 말이 아니었다.

힘을 빼앗기고 껍데기만 남은 카마엘의 시체가 곧 먼지처럼 사라졌다.

구우우우우웅.

하늘에서 광음이 들렸다. 곧 천계의 문이 모습을 숨겼다.

거대한 외눈 역시도 없어져 있었다.

나는 날개를 펼쳐 허공으로 떠올랐다.

그리고 외쳤다.

"승리했노라."

이 한마디가 커다란 울림이 되어 전 세계에 퍼져 나갔다.

이제…… 정비를 끝낸 뒤 마계로 올라갈 일만 남았다.

'나락군주.'

어둠의 정령들은 지구의 마족들을 끝장내고자 공허의 가장 깊은 곳에 잠들어 있던 나락군주를 깨웠다. 지금 그가 마계의 모든 세력을 집어삼키고 있었다. 홀로 그만한 일을 펼치는 게 가능하다면 그 역시도 엄청난 강자다.

하지만 지금의 나는 한계를 모르고 강해진 상태다. 이 상태라면 어지간한 신도 두렵지 않을 것 같았다. 구스타르테를 만나고 그의 강함을 경험하며 그의 힘을 흡수한 나다. 내가 확신하는 것이니 틀림없다.

나락군주는 신이 되려다가 신들에 의해 좌절을 겪은 불운의 황제였다. 과연 그의 실력이 어느 정도일지 기대가 되었다. 나락군주의 심장은 내가 이 자리에 오기까지 무수히 많은 도움을 주었고 그 심장의 진짜 주인이 얼마나 강할지는 도저히 상상이 되지 않았다.

'그래도 지지 않는다.'

그런 확신이 있었다.

솔직히 카마엘조차 권능이 아니었다면 상대가 되지 않았을 것이다. 하지만 지금은 카마엘을 상대할 때보다 강해진 상태였다.

나는 주먹을 움켜쥐었다.

마계의 문이 서서히 지상과 가까워지고 있었다.

짧은 시간 휴식을 가졌다. 재정비도 재정비이지만 기존의 마수들이 너무나도 지쳐 있었다. 이대로 마계의 문을 여는 건 그다지 좋은 선택은 아니었다. 게다가…….

"완성했습니다."

오스웰이 흐뭇함을 말투에 담고서 나를 찾아왔다. 오스웰의 손에는 목걸이가 하나가 들려 있었다. 느껴지는 마력이 참으로 오묘했다. 하지만 아무리 오묘해도 내 눈을 피해갈 수는 없었다. 신의 눈, 이제 의도하지 않고 그저 보고만 있어도 자연스럽게 발동이 된다.

곧 목걸이에 대한 정보가 상세하게 떠올랐다.

이름 - 파마의 목걸이(10/10)

설명 : 특정한 저주로부터 사용자를 지키는 목걸이. 10번을 막아
    내면 파괴된다.

방어하는 저주 목록 :

　고통, 빙정, 인형의식, 골렘의 영혼, 혼의 파괴자, 파멸의 인도,
영혼의 불꽃, 가시의 저주, 기사왕의 폐해…… 신의 앓음.

무수히 많은 저주의 목록이 떠올랐다. 내가 아는 것도 있
지만 모르는 게 더 많았다.

"나락군주의 대비용인가?"

"바로 그렇습니다. 나락군주가 사용하는, 사용할지 모르
는 모든 저주를 막을 수 있도록 설계했지요."

자부심이 가득했다.

나는 고개를 저으며 물었다.

"나락군주가 이만한 저주를 사용할 줄 안다고?"

"예! 그는 한 가지에 몰두하면 끝을 보는 자이고, 말년에
저주 공부를 아주 열심히 했습니다. 배우는 속도는 신들도
혀를 내두를 수준이었지요."

"저주술사가 따로 없군."

솔직히 놀랍다. 저주 목록의 개수는 대략 100여 개에 가까웠다. 한 명이 이만한 저주를 알고 능수능란하게 사용하는 건 거의 불가능한 일이다. 한데 나락군주는 저주로서 유명해진 인물이 아니었다.

검술의 천재, 마도의 대가. 한마디로 마검사였다는 것이다.

거기다가 저주까지 능수능란하게 펼친다면 확실히 상대하기 까다로울 듯싶었다.

"지금 황제 폐하의 몸에 어지간한 저주는 정착하지 못하겠습니다만…… 목걸이는 목록에 적힌 저주들의 효과도 반감시킵니다. 혹시 모르니 착용하십시오."

내 지능은 무려 174에 이르렀다. 저주 따위는 결코 나를 해할 수 없다. 오스웬에게 명령했던 때였다면 모르겠으나 지금은 거추장스러울 뿐이다.

하지만 오스웬은 물러날 기미를 보이지 않았다.

'나락군주에겐 커다란 원한이 있었지.'

오스웬은 본래 인간이었다. 불을 좋아하는 실력 좋은 대장장이. 그러던 어느 날 나락군주의 눈에 띄어 강제로 칠 대 죄악을 만들기에 이른다. 하지만 그게 끝이 아니었다. 지저 세계로 끌려가 본래의 모습조차 잃어버렸다.

원한이 없다면 거짓이다. 그 증거로 오스웬의 눈이 분노로 불타고 있었다.

"고맙군."

부하의 충고다. 들어서 나쁠 건 없었다.

"분명히 도움이 될 겁니다."

"그랬으면 좋겠군."

목걸이를 착용한 채 발길을 돌렸다.

나는 던전의 꼭대기에 서서 가만히 지상을 내려다보았다.

신들과의 약속은 거의 이행했다.

나를 과거로 되돌려 준 대가로 지구와 인류의 생명을 장담해 주었다. 비록 많은 인간이 죽었지만 살아남은 그들은 서로 모여 계속해서 발전해 나가고 있었다.

이것이 인간의 저력이다. 바퀴벌레 같다고 할 수도 있겠지만, 나 역시 저런 끈질김을 좋아한다. 내가 그래왔기 때문이다. 욕심이 없고 끝까지 버티지 않았다면 이 자리에 오르지 못했을 터.

하여간 인간들은 더욱 강해질 것이다. 더욱 강하게 결속하고 과거의 영광을 되찾으리라.

이제 나만 떠나면 이 지구는 안전했다. 혹여 문제가 생겨도 의지의 각성자들이 있는 한 쉽사리 쓰러지지 않을 것이었다.

카마엘을 흡수하고 벌써 50여 일 가까이가 지났다.

더는 지구에서 얻을 게 없었다.

정비를 끝냈으며, 더 이상 시간을 끄는 건 무의미하다.

아직 마계가 점령됐다는 메시지는 뜨지 않았다. 녀석이 마계를 완전히 정복한 뒤 준비할 시간을 주어선 안 된다.

거의 막바지에 이르렀겠지만, 누군가가 뒤를 치리라곤 쉽게 예상하지 못할 것이었다.

나는 던전으로 돌아왔다.

코어 근처로 수많은 마수가 모여 있었다.

가장 앞에 선 크리슬리와 아리엘도 눈에 띄었다.

나는 주저할 것 없이 입을 열었다.

"마계로 간다."

마계. 이제는 그리운 단어.

나는 손을 들었다. 마계의 문과 연결된, 보이지 않는 기다란 줄은 항상 나를 따라다니고 있었다.

그 줄을 잡아당겼다.

곧 하늘에 뜬 거대한 문이 열리며 눈앞에 커다란 균열이 생겨났다.

이 균열을 통과하면 마계가 있다.

가장 먼저 발을 옮겼다.

내 뒤를 따라 모두가 이동하기 시작했다.

코끝을 찌르는 역한 냄새.

곳곳에 널린 시체들.

보랏빛 밤하늘과 까마귀 우는 소리…….

하늘에 뜬 세 개의 달까지.

'마계.'

나는 즉시 마계에 도착했음을 알았다. 모를 수가 없었다.
이곳은 내가 태어나고 자란 장소이니까. 지구와는 모든 게
달랐다.

'단번에 중앙으로 왔나.'

주변의 지형은 익숙했다. 마왕성과 멀지 않은 장소다. 이
마왕성을 중심으로 네 명의 대공이 동서남북을 차지하고 있
었다.

하지만 죽음의 냄새가 너무나도 짙었다.

마계는 항상 전쟁 중이었고 피가 흐르지 않는 날이 없었다.

전쟁으로 죽어 나간 마족의 수는 셀 수 없을 지경이다.

그럼에도 내가 죽음의 냄새가 너무 심하다고 한 건 살아
있는 자가 하나도 없어서다. 보통 패자는 죽고 승자는 살아
남게 마련이다. 못해도 하나의 생명 정도는 느껴져야 정상인
데…….

특히 이곳 마왕성의 근처에는 항상 마수들로 넘실거렸다. 대공들의 견제가 가장 치열한 곳이 이곳 중심부였거늘.

내 기감은 상당히 멀리까지 펼쳐져 있었다. 마음만 먹으면 수백 km 바깥의 존재를 눈치챌 수 있을 정도다. 그러나 여전히 기감에 잡히는 게 없었다.

이상한 점은 또 있다.

죽음의 냄새는 지독하기 그지없지만.

"시체가 없군."

그렇다. 당연히 있어야 할 시체마저 없다. 생자와 죽은 자 모두 모습을 보이지 않았다.

이건 대체 무슨 경우란 말인가.

"아리엘 디아블로, 지금 마계에 잔존한 세력은 누구의 세력이지?"

아직 나락군주는 마계를 일통하지 못했다. 그랬다면 메시지가 떴을 것이다. 특히 아리엘이 가장 먼저 눈치챘을 게 분명하다.

나는 아리엘을 나름 존중해 주고 있었다. 내 안에 깃든 힘 중 하나가 디아블로라서일까. 그녀의 성을 그대로 남겨주었다. 그게 얼마나 큰 은혜인지 아리엘도 알고 있었다.

고맙다는 듯 짧게 고개를 숙이며 아리엘이 말했다.

"제 세력이 남았습니다. 나머지 세력은 모두 궤멸 상태라

합니다."

우파, 판데모니엄, 오쿨루스.

세 대공의 세력이 벌써 궤멸되었다니.

심상치 않은 일이었다.

"너의 성으로 가자. 나락군주도 그 근처에 있을 터."

설령 없더라도 잔존 세력의 근처에 있다 보면 나락군주는
나타날 수밖에 없었다. 그의 목표가 마계 정복인 듯했으니.

길 안내는 필요 없었다. 나는 아리엘의 성이 어디에 있는
지 정확히 안다. 전생에서 도전장을 내밀고 찾아가 왕창 깨
진 전적이 있기 때문이다.

'당장 앉고 싶지만.'

나는 마왕성이 있는 방향으로 시선을 옮겼다.

오로지 마왕으로 인정된 자만이 들어갈 수 있는 장소.

그곳의 중심부엔 마왕의 좌가 존재한다. 좌에 앉고 싶은
마음은 굴뚝같지만 처리해야 할 일이 있었다. 놈을 처리하기
전까진 진정으로 마왕이 된 게 아니다. 마계는 마왕이 다스
리는 곳이었고 나락군주는 현재 마계 정복을 코앞에 두고 있
었다.

괘씸하기 이를 데 없다.

'나중으로 미루지.'

욕심 없이 발을 뗐다.

나락군주를 죽인 다음에도 늦지 않는다.

아리엘의 성은 마왕성을 중심으로 북쪽에 위치해 있었다. 눈으로 뒤덮인 장소이며, 그녀가 그린란드에 성을 짓고 머문 이유도 그 익숙한 환경 탓이었다.

새하얗기 그지없는 피부처럼 1년 내내 눈만 내리는 장소에 거대하기 짝이 없는 성이 존재하고 있었다.

성…… 어쩌면 도시라고 할 만한 규모.

조금 더 과장하면 작은 나라라고 해도 이상하진 않을 것 같았다.

이곳이 바로 마계에서 유일하게 남은 아리엘의 중심 세력이 머무는 장소다. 아리엘이 직접 통치하는 장소이기도 하였다. 하지만, 그 큰 성도 조용하기 짝이 없었다. 생명체의 반응은 무수하게 느껴졌지만 그들은 숨소리조차 죽인 채 긴장하는 중이었다.

마족 대부분이 은신한 상태로 있어서 자세히 살펴보지 않으면 알아차리기 힘들 듯싶었다. 그래 봤자 한계는 있지만, 전형적인 전투태세에 가까웠다.

성문을 지키는 마족도 모두 들어갔는지 썰렁했다.

'내 병력을 멀리서 감지한 모양이군.'

내가 이끌고 온 군세는 15만가량.

카마엘을 해치운 업적으로 다량의 포인트를 얻은 덕분에 이만큼이나 불릴 수 있었다. 전보다 조금 전력이 부족하긴 했지만 모두 중급 이상의 마수로 이루어져 있었다. 이 군세를 멀리서 감지하고 적이라 판단한 뒤 전투태세를 갖춘 모양이었다.

아리엘은 내게 양해를 구하고 휘하의 마족들과 함께 성문으로 다가갔다.

"문을 열어라. 나 아리엘 디아블로가 명하노라."

그녀의 목소리가 성문을 타고 전체에 맴돌았다. 은은한 마력이 섞여서 듣지 못할 리도 없었다. 마족의 청각은 때에 따라 인간보다 수십 배 뛰어나다.

곧 성문의 가장 높은 곳에서 누군가가 모습을 드러냈다.

희멀건 수염과 약식의 갑옷을 걸친 노구의 마족이었다.

"정말 아리엘 님이 맞습니까?"

"이 뿔을 보고도 모르겠느냐? 당장 문을 열지 않으면 문책을 피하지 못할 것이다."

아리엘은 당당했다. 그녀가 본래 이곳의 주인이니 그럴 만도 하다. 아리엘의 부하들은 충신처럼 그녀를 따르는 경향이 있어서 당장 문을 열어줘야 옳았다. 하지만 전개는 생각과 다르게 흘러갔다.

"죄송합니다. 문은 열어드릴 수 없습니다."

"……뭐라?"

노구의 마족이 고개를 젓자 아리엘의 표정이 싸늘하게 식었다. 자신의 성에 자신이 들어가지 못한다니. 그게 무슨 소리란 말인가. 마왕의 게임에서 패배했대도 아리엘은 여전히 대공의 위치를 유지하고 있었다.

"나락군주의 계략일지도 모른다는 생각이 들었습니다. 제한 번의 선택이 이 성을 날려 버릴 수도 있는 바, 신중할 수밖에 없는 점을 양해해 주시길 바랍니다."

늙은 마족이 뚝심 있게 밀어붙였다.

"사순! 네놈이 정녕 주인조차 몰라본단 말이냐? 내가 문을 부수고 들어가 너희를 모두 죽이기 전에 당장 열어야 할 것이다."

아리엘의 기다란 뿔이 부들부들 떨렸다. 그녀가 상아검을 들고 그 위에 혼돈을 입혔다. 아리엘의 전매특허. 오로지 그녀만이 쓸 수 있는 스킬이었다. 당연히 알아봐야 정상이지만 그럼에도 늙은 마족은 요지부동이었다.

"그렇다면 뒤에 마수들을 물리고 옷을 벗어주십시오. 나락군주에게 당한 상흔이 있는 지 확인하겠습니다. 마력적 조치가 취해졌는지도 확인한 후 제 의견이 틀렸다면, 기꺼이 저의 목을 내어드리지요."

"이 겁쟁이 놈이……."

아리엘이 이를 바드득 갈았다. 기사도를 신봉하는 그녀의 성격상 참지 못할 안건이었다. 하지만 이곳은 마지막 요충지였다. 게다가 내가 있었다. 나는 그녀에게 날뛰어도 된다는 허락을 내리지 않았다. 또한 그녀의 성은 나의 성과 같았다. 함부로 피해를 늘릴 순 없는 노릇이다.

아리엘의 눈이 내게로 향했다.

나는 고개를 주억이며 명했다.

"뒤로 물러난다."

아리엘이 큰마음을 먹고 결단한 것이다.

나는 그녀의 뜻을 높이 사 군말 없이 마수들을 물렸다.

Chapter 76

나락군주

Dungeon Hunter

무고함이 밝혀지고 나와 나의 군세는 무사히 성 안으로 발을 들일 수 있게 되었다.

그리고 늙은 마족 사순은 자신의 목을 걸었지만 다행히 잘려 나가진 않았다. 여태껏 나락군주와 싸우며 성을 대신 통치한 그다. 우리가 모르는 정보도 많이 알고 있었고, 갑작스럽게 사령관이 바뀌어선 빠르게 대처할 수 없었다.

"나락군주는 처음 마계에 나타났을 당시 혼자였다고 합니다."

넓은 방. 광장을 떠올리게 할 정도로 커다란 방이었다. 고급스럽기 그지없는 탁자, 샹들리에가 즐비해 있었고 고급스러운 음식도 함께 나열해 있었다.

사순은 조용히 무릎을 꿇고 앉아 이야기를 진행했다. 지은 죄가 있기에 그저 바닥만 바라봤다.

"하지만, 시간이 지날수록 그의 군세는 많아졌습니다. 그가 죽인 마족은 모두 그의 꼭두각시가 되었으니까요. 백기사단이 먼저 발견했지만 나락군주의 힘은 상상을 초월했고 그대로 우리는 중요한 전력을 잃었습니다. 후에 백기사단이 적이 되어 나타나기 전까지 그 사실조차 깨닫지 못하고 있었지요."

사순은 원통함에 바닥을 내려쳤다. 조금만 더 빨리 알았어도 전황이 달라지지 않았을까 하는 후회가 느껴졌다.

아리엘은 자리에 앉은 채 미동도 하지 않았다. 이 연회의 방에는 마족과 주요 마수들만 들어온 상태였다.

내가 가장 상석에 앉았고, 아리엘이 그 옆에 자리한 것이다.

깊은 침묵이 계속되자 사순이 말을 이었다.

"나락군주의 꼭두각시가 된 자들은 오로지 그의 말만 따르게 됩니다. 놀라운 건 꼭두각시들이 나름의 정신을 유지하고 있다는 겁니다. 생전에 쓰던 마법을 자유자재로 구사하며 검술도 제대로 다룰 줄 압니다. 간혹 아군인 척 들어와 기지를 쑥대밭으로 만들기도 했지요. 우리는 지독한 불신에 빠졌습니다……."

그럴 수밖에 없었다.

누가 적인지 알 수 없는 상황.

웃으며 다가오는 동료가 뒤에서 검으로 등을 찌른다.

믿을 수 있는 자가 있을 리 없다.

그런 상황에서 제대로 된 싸움이 일어날 리도 만무했다.

이곳을 제외한 모든 대공의 세력이 전멸한 게 우연은 아니란 말이다.

"점점 불어나는 그의 군세는 아무도 대항하지 못할 만큼 커졌습니다."

"숫자가 몇이지?"

"300만……. 최저로 잡아도 그 정도로 추정됩니다."

허.

아리엘은 기가 막힌지 격한 숨을 토해냈다.

300만? 대공들의 모든 휘하 병력을 다 합치면 그 정도는 될 것이다.

나락군주 홀로 300만의 대군을 쓸어버렸으리란 생각은 들지 않았다. 그렇다는 건 나락군주만이 아니라 나락군주에 의해 꼭두각시가 된 자들이 다른 대상을 죽여도 똑같이 변한다는 의미였다.

죽여도, 또 죽여도 불어만 나는 군대.

어느 누가 상대할까?

싸우면서 병사들도 의지를 잃고 말리라.

'죽음의 장소로 초대된 것이었군.'

그리니치 천문대의 일을 떠올렸다.

그때 나를 제외한 대공들은 마계로 향하라는 특수 퀘스트를 받았다. 만약 얌전히 마계에 도달했다면 무슨 일이 벌어졌을지는 뻔하다.

이길 수 없다.

당시의 군세는 지금이 비하지 못한다고 해도 마찬가지다.

"그래도 아리엘 디아블로 님이 돌아오셔서 병사들의 사기가 하늘을 찌르고 있습니다. 기사들도 의욕을 되찾았지요."

"이 성의 주인은 이제 내가 아니다."

아리엘은 엄격하게 말했다. 아마 사순도 조금은 눈치채고 있었을 것이다. 팔짱을 낀 채 가만히 듣고만 있던 나의 존재를. 그럼에도 눈길을 주지 않은 건 현실도피와 비슷한 것이겠지.

"사순, 고개를 들어라."

아리엘이 다시 한 번 명했다.

그러자 사순이 힘겹게 고개를 들었다.

이후 아리엘은 나를 바라보며 당차게 말했다.

"랜달프 브뤼시엘. 우리가 모실 마왕의 이름이니라. 똑똑히 기억하도록."

"……마왕의……존안을 뵙습니다."

그제야 사순이 내게 무릎을 꿇었다.

자신의 집과 같은 장소. 아주 오랜 세월 동안 변함이 없던 장소다. 아리엘은 영원한 주인이었고 진정한 귀감이었다. 그 충직함에는 변함이 없지만, 장소의 지배자가 바뀌었다. 그리고 주인이 모신다면 가신으로선 당연히 그를 따라야 함이었다.

마왕 쟁탈전에서 패배한 것이라고, 사순은 현실을 직시할 수밖에 없었다.

성 내에 배치된 병력의 숫자는 30만.

여기에 내 마수들이 더해져 45만에 달했다.

충분한 대군이다. 용케나 이 정도의 병력을 비축했다고 할 수 있었다. 오로지 사순의 뛰어난 능력 덕이었다.

하지만 고민이 되는 것도 사실이다.

마수와 마족이 많아봤자 오히려 걸림돌이 될 가능성이 높았다.

"황제 폐하, 그 문제는 제게 맡겨주십시오."

또다시 오스웬이 나섰다.

오스웬은 눈을 빛내며 품에서 작은 거울을 꺼냈다.

"죽은 자를 움직이게 하는 것도 나락군주가 가진 저주 중 하나입니다. 이 '진실의 거울'만 있으면 전염되듯 퍼지는 저주를 막을 수 있습니다."

"그러기엔 크기가 너무 작지 않나?"

혹시나 하여서 물었다. 고작 저런 손거울과 같은 크기로 모든 저주를 막아낼 수 있을 것 같지는 않았다. 동의한다는 듯 오스웬도 고개를 끄덕였다.

"크게 만들면 됩니다. 재료와 시간만 주어진다면 충분히 만들 수 있습니다."

아리엘이 끼어들었다.

"어지간한 마법 재료는 모두 구비되어 있다. 하지만 시간이 문제로군. 나락군주의 군세가 코앞에 다가와 있노라."

"일주일. 그 시간만 버텨주십시오. 물론 거울을 완성한대도 끝이 아닙니다. 거울을 지켜야 합니다. 부서지면 다시 저주가 발동하여 저주가 전염될 겁니다."

"이미 걸린 저주를 풀지는 못하는 건가?"

"가능은 하지만 효율의 문제지요. 그건 일주일 가지곤 턱도 없습니다. 저만 한 수준의 기술자 열 명이 있어도 3개월은 걸릴 겁니다."

"거울을 만들어야겠군."

아리엘도 현실을 깨달았다. 오스웬이 대단한 대장장이라는 것쯤은 그녀도 알고 있는 듯했다.

오스웬. 황혼의 대장장이. 신들마저 그 기술을 탐내고 부러워했건만, 오스웬과 비슷한 실력자가 동시대에 또 있을 리 없었다.

"진행하라. 1주일의 시간을 버는 건 내가 하겠다."

내 생각이 정확하다면 충분히 가능한 일이었다.

"제가 따라가겠습니다."

"저도……."

아리엘과 크리슬리가 가장 먼저 나섰다.

그러나 나는 고개를 저었다.

"나 혼자 간다. 너희들은 너희들 나름대로 할 일이 있지 않나?"

한 명의 손이 아쉬운 판국이었다. 아리엘은 성 내부에서 병사들의 안정을 꾀해야 했고, 크리슬리는 두뇌로서 계획을 수립해야만 했다. 마법적인 조치도 함께 해야 한다.

무엇하나 양보할 수 없는 자리다. 그녀들만 가능한 일이었다.

"혼자서…… 괜찮으시겠습니까?"

"생각이 있다. 일주일은 충분히 벌 수 있을 것이다."

자신 있었다. 그리고 만에 하나 실수가 있대도 나 하나의 몸을 빼는 것쯤은 간단한 일이었다.

수많은 마족이, 그중에서도 고위 마족들이 나락군주를 지키고 있는지라 노리는 건 힘들겠지만 시간 벌이쯤은 충분히 가능했다.

'고위 마족은 대부분이 초월자의 격을 갖췄지.'

공작 이상 급이라면 거의 그렇다고 보면 된다. 대공들을 포함한 72마족 모두는 지구로 향하며 능력치에 제한을 받았기에 그러지 못했을 뿐이다. 하지만 지금 아리엘은 전성기의 힘을 거의 다 찾은 상태였다.

'나락군주, 너 자신을 증명할 모든 걸 내가 가지고 있다.'

얇게 미소 지었다. 본래 그가 가졌어야 할 대부분의 것을 내가 가지고 있었다. 보면 배가 아프겠지만 어쩌겠는가. 공허에서 돌아온 자신을 탓할 수밖에.

성을 빠져나간 즉시 나는 황제의 검을 들었다.

본래는 나락군주가 사용하던, 막시움이 간직하고 있던 진정한 보물.

절대로 부서지지 아니하며 한 가지 기능을 더 가지고 있었다.

"황제의 군세."

촤아아아아아아!

황제의 검이 황금빛 울음을 토해냈다. 황제의 검 주변으로 커다란 균열이 생겨나며 그 안에서 말을 탄 병졸들이 하나둘 모습을 드러내기 시작했다.

척. 척.

지저의 보물 창고에 존재하는 기병들.

그 이름, 혼령기병이라 하였다.

이내 10만에 이르는 기병이 내 뒤에 도열했다.

육체는 없으나 갑주와 철로 이루어진 말이 있었다. 모두가 상급 이상의 급을 갖추고 있었다.

'90일.'

진짜 황제의 군세다. 이 10만의 군세는 90일간 유지되며 내 명령에 따라 적을 섬멸한다. 나락군주가 가장 심혈을 기울여 만든 게 바로 이들이었다.

이들은 육체가 없고, 그저 갑주로 만들어진 인공 마수였다. 거기다가 나의 스킬 '지배의 권능'의 여파로 어지간한 저주는 통하지 않을 것이었다.

'나락군주여, 자신이 만든 병사에게 공격당하는 것이 어떤 기분일지 궁금하구나.'

나는 날개를 펼쳤다. 이후 하늘을 날며 빠르게 전진했다.

다그닥! 다그닥!

그리고 내 뒤를 따라 철로 이루어진 10만의 기병이 질서정연하게 움직였다.

나락군주의 군세는 멀리 있지 않았다.

기껏해야 3일 거리.

조금만 더 늦었다면 성은 함락되었을 것이다.

'많군.'

카마엘이 이끌고 온 114만의 천족.

114만도 많았다. 모두 전멸시키는 데 족히 한 달 이상이 걸렸다. 조금만 더 일이 늦춰졌다면 그때 황제의 군세를 사용했을 것이었다.

'아끼길 잘했어.'

카마엘을 상대하는 데 황제의 군세를 썼으면 큰일 날 뻔했다.

고작 3일 거리에 있는 저 군세를 막을 방법이 딱히 떠오르지 않았다. 내가 직접 미끼가 되는 방법도 있겠지만 나락군주의 실체를 모르고 힘을 마구 남용할 수는 없는 노릇이었다.

초월자의 격에 든 마족에게마저 저주를 걸 수준이라면 녀석도 권능 비슷한 걸 가지고 있을 가능성이 높았다. 카마엘이 가진 권능으로 말미암아 그것이 얼마나 귀찮은 건지 깨달았기에 섣불리 움직이는 건 좋지 않았다.

'숫자가 너무 많아서 파악하기 힘들다.'

사순은 300만으로 추정된다고 했다. 그런데 막상 와서 보니 그 숫자를 한참 넘길 것 같았다. 마족 외에도 마수들이 추가되어 있었다. 그중에는 마룡과 대지룡이 섞여 있었다.

'발록……'

그리고 오래전 멸종했다 알려진 발록도 있었다.

마수 중의 마수.

일반적인 등급의 책정으로 가장 급이 높은 게 바로 발록이다. 최상급 5Lv이라 일컬어지지만, 사실 그 이상의 레벨은 존재하지 않았다. 진마룡 아오진과 같은 마수들은 논외로 취급받을 뿐, 정작 6Lv로 불리진 않았다.

말하자면 발록은 마계 최강의 생물이라는 것이다.

히드라와 맞먹을 정도의 크기다. 몸집 자체는 아니었지만 그래도 10m는 훌쩍 넘었다. 그러나 그 이상으로 커다란 날개가 있었다.

날개가 펄럭이는 것만으로도 짙은 마력이 사방에 요동쳤다.

역대 마왕들의 이야기를 보더라도 마왕들은 발록은 제거하는 데 힘썼다. 발록은 절대로 길들이지 못하며 그 흉포함때문에 마족들의 희생이 너무나 컸기 때문이다.

심지어 9대 마왕 '알렉스트로자'는 발록에게 죽었다.

진마룡 아오진과 마찬가지로 일반적인 마수의 급을 뛰어넘은 발록이었지만, 그 파장은 상상을 초월했다고 한다.

당시 마왕을 죽인 발록의 외견은 상세하게 묘사되어 있

었다.

이름도 붙었다.

'로구잔.'

나는 눈살을 찌푸렸다.

이제 보니 문헌에 서술된 로구잔의 생김새와 지금 내가 보는 발록의 생김새가 매우 비슷했다. 오른쪽 날개만 두 개인 것도 똑같았다.

'공허에서 나온 존재.'

아무래도 나락군주만 공허에서 나온 게 아닌 듯싶었다.

혼령기병은 적과의 전면전을 펼치지 않았다. 숫자의 차이가 넘을 수 없는 벽 정도로 나는데 정면에서 달려드는 건 미련한 짓이다. 치고 빠지며 꾸준히 시간을 끌었다.

일반적인 마족이나 마수는 혼령기병이 휘두르는 검을 버티지 못했다. 강한 적일 경우, 내가 나서서 피해를 최소화시켰다.

'적의 움직임이 빨라졌다.'

왜일까?

간단하다. 나락군주도 혼령기병의 존재를 깨달은 것이다.

자신이 만들고 사용하려던 병사들이 지금 적으로 나타나니 피가 머리끝까지 돌아버린 게 분명하였다.

'직접 나서진 않는군.'

그 점이 조금 아쉬웠다. 나락군주가 혼령기병의 토벌을 위해 직접 나선다면 공격할 기회는 얼마든지 생긴다. 한데 300만의 군세 뒤에 숨은 채 움직이지 않는다면 조건이 까다로워진다.

시간을 끄는 게 최선인가 싶었다.

'허무의 그림자 콘테고놈은 내가 타락을 사용해서 겨우 이길 수 있었다. 그때와는 비교도 안 되게 강해졌다고 하나 로구잔과 나락군주는 허무의 가장 깊숙한 곳에 존재하던 이들이다. 역시 격의 차이가 많이 나는군.'

같은 허무에 속해 있대도 수준까지 비슷한 건 아닌 듯싶었다. 신의 눈으로 본 로구잔은 당시 콘테고놈과는 비교도 안 되게 강했다.

'능력치 총합 721……'

과연 마왕 살해자답다. 마수의 기준을 한참이나 뛰어넘어 있었다. 마왕들이 견제할 만큼 발록이란 마수 자체도 그런 면이 없잖아 있지만, 놈은 그중에서도 특출하다. 저 정도쯤 되어야 의식에서 망령의 힘을 흡수한 마왕을 죽일 수 있는 것이다.

단순한 수치의 비교에서 내가 밀리진 않는다. 100이 넘는 차이. 혼령기병이 시간을 끄는 사이 놈과 맞붙으면 크게 어렵지 않게 이길 수 있었다. 하지만 시간을 버는 건 포기해야 한다. 순식간에 수백만의 적에게 둘러싸이고 10만의 혼령기병이 증발할 것이다.

나 혼자 저 대군을 막아서면 4일을 못 버틸 건 없지만, 최후가 문제다.

'나락군주만이 내 적이 아니지.'

어둠의 정령이 무슨 수작을 부릴지 모른다. 마신 데스브링어도 신경 써야 함이었다. 최후의 최후까지 힘을 비축해 만약의 사태에 대비하는 게 현명했다.

그래도 다행인 점이라면, 로구잔이 권능을 소유한 것 같지는 않다는 것이다. 순수한 무력의 측면에서 강할 따름이었다.

'로구잔만 따로 제거할 방법이 필요한데.'

나는 혼령기병을 지휘하며 로구잔을 바라봤다. 잔잔하게 허공에 뜬 로구잔은 혼령기병 따위는 안중에도 없다는 듯 움쩍달싹하지 않았다.

'발록은 전투적인 종족이다.'

보통 전투가 벌어지면 흥분하는 게 발록의 특성이라고 들었다. 적이 없다고 여겨서일까? 그래, 혼령기병 따위로는 자극이 되지 않을 수도 있겠다.

저 거대한 덩치의 마수가 신경에 거슬렸다. 저만 한 덩치와 힘이라면 단번에 마법적 처리가 된 성을 박살 내버릴 것이다.

'내가 자극하는 방법밖엔 없겠군.'

고개를 끄덕였다. 움직이지 않겠다면 움직일 수밖에 없도록 하면 된다. 그리고 힘을 비축한다고 했지 싸우지 않겠다는 생각은 추호도 한 적이 없었다. 슬슬 전면적으로 내가 나설 시기였다.

"30분 내로 돌아오겠다. 최대한 둘러싸이지 않게 방비하라."

혼령기병에게 명을 내렸다.

30분. 그 시간이면 로구잔을 제거할 수 있으리란 확신이 있었다.

표면에 나온 적을 처리하고 혼자 나오는 건 그다지 어렵지 않았다. 초월자에게도 어느 정도 먹혀드는 진·언령이 있기 때문이다.

나락군주가 초월자의 격에 이른 마족, 마수들과 함께 막아서지 않는 이상 혼자서 빠져나오는 건 충분히 가능했다.

혼령기병만 무사하면 계속해서 시간을 벌 수 있으리라.

나는 날개를 펄럭이며 발록의 정면을 노렸다.

분노와 황제의 검이 검게 물들었다. 이어 뇌신과 오만의 불길을 때려 박았다. 내 우월한 마력이 더해지자 아리엘의 전매특허인 어비스 소드 못지않은 스킬이 완성되었다.

[반복한 행동의 결과, 연계 스킬을 익혔습니다. '카오틱 블레이드 (Legend)'가 스킬창에 추가됩니다.]

행동을 반복해서 스킬을 얻는 경우는 거의 없었다. 희박한 확률이었고 수천, 수만 번 반복해도 나오지 않을 가능성이 높다. 설령 나온다고 하더라도 높은 등급을 기대하긴 어렵다.

한데 레전드 등급이 나왔다.

'높은 지능 덕이겠지.'

지능은 여러 가지의 역할을 한다. 마법 저항력, 스킬의 숙련도, 스킬을 사용할 때의 반작용을 없애주고 정신력을 향상시킨다. 그리고 이와 같이, 빠른 속도로 스킬을 창조할 가능성을 높여준다. 내게 있어선 처음 있는 일이었지만 썩 나쁘지 않은 결과였다.

그제야 발록의 시선에 내게 향했다.

후웅!

자신의 몸집보다 커다란 날개를 펄럭이며 순식간에 내 앞에 당도했다.

강자를 알아본 거다. 내 검에 깃든 마력의 파장이 얼마나 대단한 것인지 눈치챈 것이다.

몸집의 차이는 확연했다. 하지만 싸움은 몸집으로 하는 게 아니다.

"기회를 주마. 원래의 장소로 돌아가라."

무려 마왕 살해자다. 역사적으로도 유명한 전설적 마수다. 약간의 대우는 해줘도 괜찮을 터.

후우웅!

발록이 오른쪽 두 날개를 강하게 펄럭였다.

콰르르릉!

번개가 몰아치며 내게 직격했다.

하나 누누이 말하지만, 나는 마법 저항력이 사기 수준으로 높다. 그리고…… 발록은 마법을 사용하는 종족이었다.

최악의 상성. 내가 빠른 승리를 장담한 이유다.

"인사는 잘 받았다, 로구잔."

카오틱 블레이드가 길게 늘어났다. 발록은 마법의 종족이고, 당연히 그에 따른 저항력도 높다. 육체적인 방어력도 상상을 초월했다. 하지만 그 육체가 얼마나 내 공격을 버티게 해줄지 의문이었다.

"이제 내 인사를 받아줬으면 좋겠군."

촤악!

검이 몰아치는 번개의 태풍을 꿰뚫었다.

로구잔의 신체를 정확히 둘로 나눠 버린 순간, 공작급의 마족 수십이 나를 향해 달려들었다.

"멈춰라."

의식하여 언령을 발휘했다. 내가 가진 말의 힘은 권능과 같았다. 제아무리 초월자라도 이 영향에서 완전히 자유로울 수는 없었다. 지속 시간의 차이가 있을 뿐이었다.

내가 가진 말의 권능은 절대다수를 상대할 때 유리하다.

그리고 공작들은 내 말에 따라 행동을 멈췄다.

하지만, 그 시간은 극히 짧았다.

고작해야 소수점 아래의 시간에 불과했다.

'권능의 중첩.'

이런 경우를 나는 겪은 적이 있었다. 카마엘을 상대할 때다. 카마엘과의 권능이 중첩되며 큰 효과를 주지 못한 것이다. 이번에도 마찬가지다.

나락군주에 의해 지배당하는 마족과 마수들은 그의 권능으로 말미암아 보호받고 있었다. 특히 공작급에겐 더욱 큰 가호가 내려지고 있는 게 분명했다.

나는 신의 눈을 발동시켰다.

['신의 눈(Demigod)'보다 높은 보안의 등급으로 방어가 되어 있습니다. 하지만 높은 마력(168)으로 말미암아 77%의 해석을 완료했습니

다.]

[수호의 **권능**(God), 파멸의 **인도**(God), 절대적 **지배**(God), **죽음**(God), 죽은 자의 노래(Legend), 그림자의 저주(Legend), 산의 저주 (Legend)…….]

중첩된 권능이 무려 네 개였다. 이러니 내 언령의 힘이 거의 먹히지 않을 수밖에.

게다가 걸려 있는 저주의 종류는 어떠한가.

이미 놈은 신과 같은 힘을 소유하고 있었다.

하물며 이게 전부가 아니라니…….

'신들이 경계할 만하군.'

나락군주는 인간이었다. 수호자의 멍울을 쓰고 지상을 지켰다. 그가 있는 한 외세의 침범은 불가능했다.

그는 멍울을 집어던지고 싶었다. 하여 신이 되고자 했다.

하지만 신들은 그가 신이 되는 걸 허락하지 않았다. 신들이 힘을 합쳐 그를 공허에 처박은 것이다.

그도 가만히 당할 생각은 없었는지라 계략을 짰지만 실패했다. 어둠의 정령이 다시 그를 끄집어 올리기 전까진 그랬다.

'더욱 강해졌을 것이다.'

나는 확신했다.

놈은 과거 그림자 황제였을 시절보다 강하다.

어둠의 정령들이 도움을 줬겠지.

아니, 그래도 이해가 안 되는 권능의 숫자다. 아무리 신과 비슷한 인간이더라도 저만한 권능을 소유하고 있을 순 없었다.

저주 계열 마법을 익히는 데 열중했지만 그게 권능으로 이어지려면 무수한 시간이 필요하다. 저주와 관련된 신에 가까운 격도 가지고 있어야만 한다.

오히려 뒤에 나열된 레전드 등급의 저주들이 그가 익힌 것이 아니었을까 싶다.

수호의 권능은 그가 수호자의 운명을 안았으니 그렇다고 치더라도 나머지 세 개는 확실히 이상한 것이었다.

어쩌면 더 있을 수도 있다. 내가 신의 눈으로 해석한 부분은 77%밖에 되지 않았다.

'놈은 진짜 나락군주가 맞단 말인가?'

의아했다.

하여, 나는 진상을 확인해 보고자 했다.

"꺼져라."

오만의 불꽃이 폭발적으로 주변을 감쌌다.

주변의 마족들이 잠시 멈칫한 사이 순식간에 허공을 달려 나갔다.

나락군주의 군세는 대단했다. 수백만이란 숫자가 수십 ㎞

에 달하는 길이로 늘어서 있었다.

그리고 가장 뒤.

마룡의 등에 올라탄 채 유유자적 산책이라도 하는 듯이 천천히 날아오는 인물 하나를 발견할 수 있었다.

발견한 즉시 알았다.

마룡의 등에 탄 인물이 바로 나락군주임을 말이다.

심장이 격하게 뛰며 말해주고 있었다.

하지만, 내 눈은 나락군주에게 향해 있지 않았다.

그에게서 솟아나는 기운을 바라보고 있었다.

아찔한 느낌. 정신이 번쩍 들며 전신이 발가벗겨지는 기분. 마치 레비아탄의 몸에 전신을 꽁꽁 묶인 것처럼 꼼짝할 수가 없었다.

한 번 경험한 적이 있다.

지구로 향하기 전 내게 제안을 건넨 이가 저런 마력을 뿜어내고 있었다. 당시의 나는 아주 미약하게 느꼈을 뿐이나 이제는 확실히 안다.

'데스브링어……!'

마신 데스브링어가 나락군주의 안에 있었다.

그렇다.

놈은 나락군주이되 나락군주가 아니었다.

나락군주의 탈을 쓴 데스브링어였다.

데스브링어의 눈이 내게로 향했다.

얇은 미소. 이제야 도착했느냔 비웃음이 가득 담겨 있었다.

이상하다 싶었다. 나락군주가 네 개 이상의 권능을 가지고 있는 게 말이다.

하지만 데스브링어라면 그럴 수 있었다. 그는 마신. 최상급의 신위를 가진 신이었다. 신들 중에서도 강력하기 짝이 없는 존재인 것이다. 중급의 구스타르테 수십이 있어도 데스브링어 하나를 어찌할 수 없다.

'빙의라고 봐야겠군.'

불멸자인 그가 마계에 이 정도로 난입하여 정복전을 벌이는 건 불가능하다. 누군가에게 빙의를 했다손 쳤더라도 마찬가지다. 신격이 낮아진다. 심하면 신의 자격을 박탈당할 수도 있었다.

그럼에도 그게 가능했던 건, 빙의한 대상이 나락군주여서가 아닐까?

나도 자세히는 알 수 없다. 어쩌면 나락군주 자체의 격이 이미 신과 같았기 때문에 그의 육체로 벌이는 일은 나락군주의 신격만 배제할 수 있겠다는 생각도 잠시 들었다. 그러나 확실하진 않았다.

심장이 격하게 떨렸다.

그리고 내 안의 존재들도 일제히 일어났다.

구스타르테와 원류의 마왕 디아블로!

둘은 마신 데스브링어에게 심각한 반감을 가지고 있었다.

분노의 감정이 찾아왔다. 하지만, 이성은 냉철했다.

정면으로 붙어도 승률은 높지 않았다.

게다가 이곳은 적진이었다. 내 권능의 힘이 거의 먹히지 않는 장소이니 싸움이 시작되면 빠져나가기가 쉽지 않을 것이었다.

나는 그들에게 방법이 있느냐고 물었다.

그러자 그들이 내게 속삭였다.

'방법이 있노라'라고.

Chapter 77

시스템

Dungeon Hunter

구스타르테와 디아블로가 해준 말은 간단했다.

시스템.

마신이 만든 최고의 걸작.

그것을 파괴하거나, 또는 오류를 일으키면 된다는 것이다.

마신은 최상급의 신. 그가 노리는 신 역시도 그 이상의 존재일 가능성이 높았다. 그리고 시스템은 다른 신들을 죽일 만큼 완벽하고 강력했다.

그만한 시스템을 구축하는 데 마신이 자신의 신격을 담지 않았을 리 없었다. 말인즉, 시스템에는 마신의 신격 상당 부분이, 어쩌면 신격의 정수 자체가 들어 있을 가능성이 매우 높다는 뜻이다. 그렇다면 시스템에 문제가 생길 시 당연히 그의 신격에도 지장이 간다.

신의 격만 떨어뜨릴 수 있다면 충분히 이기는 것도 가능한 일이었다. 구스타르테를 상대했던 것처럼 말이다.

'어디에?'

문제는 시스템이 어디에 있느냐는 것.

적어도 마계에는 없었다.

신계에 있다면 손을 쓸 방법이 없다.

하지만…….

머리가 빠르게 돌았다.

가장 먼저 떠오른 건 어둠의 정령이다. 그들이 균열을 공부했대도 이만큼 빠른 시기에 허무를 열고 가장 깊숙한 곳에 들어가는 것이 과연 가능할까?

이상하다고는 생각했었다. 균열이 많아졌다손 치더라도 너무 빨랐다. 표본이 있어도 일은 급진적으로 진행해야 함이었다. 그런데 다짜고짜 제일 난이도가 높은 허무의 가장 깊숙한 곳에 균열을 여는 데 성공했다니. 마신 데스브링어의 도움이 있었겠지만…… 혹시, 다른 원인이 있었던 건 아닐는지.

나는 구스타르테와 디아블로에게 의견을 구했다.

그러자 그들은 고개를 끄덕였다.

걸어볼 만한 도박이었다.

'정령계로 간다.'

나는 나락군주의 탈을 쓴 데스브링어에게 시선을 옮겼다.

그는 전혀 성급해 보이지 않았다. 자신의 승리를 확신하는 모습. 나 따위는 언제든지 없앨 수 있다는 자신감이 엿보인다.

나 역시도 그리 생각한다. 내가 아무리 강해졌대도 최상급 신인 마신에 비하겠나.

나락군주쯤은 이길 수 있다고 확신하지만 상대가 데스브링어라면 이야기가 다르다. 그도 내가 나락군주의 진짜 정체를 알아차리고 있다는 걸 알고 있을 터였다.

'신의 눈.'

그럼에도 나는 신의 눈을 발동했다.

확인하기 위해서다.

시스템의 완벽함을, 마신조차도 시스템에 손을 못 댄다는 증거를 말이다.

만약 상태창이 나타난다면 마신도 시스템에서 자유롭지 않음을 의미했다. 아니었을 경우 자신의 상태창이 뜨지 않도록 진즉 보안을 올렸을 것이니.

그리고 내 희망에 따라 곧 긴 창이 하나 나타났다.

[중첩된 권능의 힘에 의해 '신의 눈(Demigod)'이 제 기능을 발휘하지 못합니다.]

이름 : 나락군주(???)

직업 : ???

칭호 :

　*마신(God, ???)

　*최상위의 신(God, ???)

　*지고의 존재(God, ???)

　*죽음의 지배자(God, ???)

　*더럽혀진 수호자(God, ???)

능력치 :

　힘 ???

　지능 ???

　민첩 ???

　체력 ???

　마력 ???

　잠재력(???/???)

특이사항 : 빙의된 상태입니다. 그러나 아직 완전한 빙의가 이루

　　　　　어지지 않은 상태입니다.

스킬 : ???

모든 게 물음표였다.

하지만 그가 마신이라는 확신은 주었다.

저만한 칭호를 가지고 있는 이가 마신 외에 있을 리 없으니까.

수많은 권능으로 말미암아 상태창을 제대로 확인할 수 없었지만, 적어도 상태창이 뜬다는 사실 하나는 알게 되었다.

그거면 충분했다.

그리고 모든 게 물음표였지만 특이사항의 한 줄만큼은 나타나 있었다.

나는 황제의 검을 들었다.

달빛에 반사시키자 그 찬란한 자태가 모습을 드러냈다.

본래는 나락군주가 가졌어야 할 검.

그의 가장 충직한 부하 막시움이 맡고 있었던 황제의 증표.

"막시움은 나를 황제로 인정했다. 그가 내게 준 검은 바로 그 증명이다. 그림자에 불과한 가짜여."

데스브링어는 코웃음을 치며 나를 쳐다봤다. 하지만 나는 말을 끊지 않았다.

"심장 소리가 들리느냐? 본래는 너의 것이었으나 지금은 온전히 내 것이 되었다. 지저 세계, 10만에 달하는 혼령기병, 칠 대 죄악…… 무엇 하나 이루지 못하고 가지지 못한 불쌍한…… 가짜조차 제대로 되지 못한 자가 너다."

나는 도발했다.

빙의가 제대로 이루어진 상태가 아니라면, 나락군주의 정신이 조금이라도 남아 있다면 극심한 혼란을 주리라고.

"너는 나락군주가 아니다. 내가 바로 나락군주다!"

그런 내 생각은 곧 적중했다.

"큭……!"

데스브링어가 자신의 머리를 움켜쥐었다.

"이 빌어먹을 놈이……!"

고통에 찬 표정으로 나를 노려보았다. 하지만 쉽사리 움직이지 못했다.

지금 공격하는 것도 하나의 방법은 될 수 있을 터였다.

하지만 조금씩 안정을 되찾는 모습을 보며 포기했다.

나락군주는 데스브링어와의 힘겨루기에서 이길 수 없었다. 그저 작은 저항을 하는 게 전부였다.

'얼마 못 가겠군.'

저래선 곧 모든 정신이 잡아먹힐 것이다. 육체를 고스란히 데스브링어에게 넘긴 채 사라지리라.

나는 불쌍한 왕을 기리며 카오틱 블레이드를 전개했다.

콰콰콰쾅!

내가 노린 건 데스브링어가 아니다.

그가 타고 있던 마룡!

마룡이 비명을 내질렀고 균형을 잃은 데스브링어가 지상

으로 낙하했다.

이어 나는 검을 집어넣었다.

데스브링어가 나락군주의 정신을 모두 집어삼키면 일이 더 힘들어진다. 지금 내 행위는 기껏해야 며칠을 번 것에 지나지 않았다.

그사이 정령계로 가 시스템을 망가뜨려야 했다.

데스브링어의 상태가 정상이 아니니 적들의 진격에도 문제가 생길 터.

나는 날개를 펼쳤다.

그리고 빠르게 돌아가기 시작했다.

마계에 올 당시 나는 던전의 모든 것을 가지고 왔다. 그중에는 과거 정령계로 향할 때 사용하던 물건들도 포함되어 있었다.

나는 즉시 오스웬을 호출했다. 거울을 만드느라 정신없이 바쁠 오스웬이 내 호출에 즉시 반응했다.

"오스웬, 정령계로 향하는 장치를 사용할 수 있겠나?"

"가능은 합니다만……."

"최대한 빠르게 작동시켜라. 어둠의 정령계로 향해야 한다."

균열을 여는 장치다. 재료도 충분했고 오스웬이 실력이 있으면 금세 작동시킬 수 있으리라 믿었다. 다시 만드는 것도 아니고 이미 만들어진 것을 활용하는 데 불과했으니.

"알겠습니다."

따로 이유를 묻지 않았다.

오스웬이 장치를 준비하기 위해 자리를 비웠고, 바로 그때 모기가 웽웽대는 듯한 소리가 들려왔다.

"마~ 스터!!"

다름 아닌 이히였다. 나는 눈살을 찌푸렸다. 다른 건 다 옮겼지만 던전 코어는 옮기지 않았다. 전혀 다른 세상일진대 어떻게 이히가 따라왔는지 이해가 가지 않았다.

이히는 던전 코어에 귀속된 정령이었다.

아니, 아니다. 나는 마왕으로서 자격을 획득했다.

이히는 요정왕이 되어 구속을 벗어던지고 다른 곳으로 향해야 옳았다. 한데 이히는 여전히 던전 코어에 귀속되어 있는 상태였다.

스스로 왕의 자격을 거부한 건가? 아니면 왕의 자격만 취한 채 그대로 있는 것인가.

"마계는 어떻게 따라온 거지?"

"이히히, 사랑의 힘이지요."

"……네 할 일은 모두 끝났다. 너에겐 요정계를 만들어낼 의무가 있을 것이다."

정령들과 다르게 요정들은 자신만의 세계가 없었다.

있었지만 사라졌다고 하는 게 더 옳으리라. 그래서 요정들은 왕이 나타나 자신의 세계를 만들어주길 바라고 있었다.

요정왕은 그만한 힘이 있는 존재였다. 실제로 지금도 상당한 격이 느껴지고 있었다.

그제야 이히가 시무룩한 표정을 지었다.

"모르겠어요. 하지만 이곳에 와야 할 것만 같은 느낌이 들었어요. 이히는 불안해요."

"요정왕이 되면서 생긴 권능이 미래 예지는 아니겠지."

"그런 건 아닌데요. 그냥 이히는 여기 있으면 안 될까요?"

턱을 쓸었다. 이히는 이제 온전히 요정왕으로서의 격을 갖췄다. 요정왕이 이곳에 있다고 해를 입을 건 없었다. 오히려 전쟁에서 큰 도움이 될 것이다.

계산을 끝마친 뒤 입을 열었다.

"다른 마수와 마족들을 돕도록."

"와! 있어도 된다는 거죠? 이히히, 마스터라면 그럴 줄 알았어요! 쪽!"

시무룩한 표정을 언제 지었냐는 듯 이히가 내 볼에 입술을 대곤 엉덩이를 씰룩대며 자리를 벗어났다.

평소라면 더 붙잡고 있었을 테지만, 이히도 성장이라는 걸 한 듯싶었다. 내가 바쁠 때는 오랜 시간 잡지 않으려는 기색이 강하게 느껴진 것이다.

이히가 떠난 직후 나는 잠시 생각에 빠졌다.

'정령계……'

일종의 도박이었다.

만약 어둠의 정령들이 시스템, 혹은 그와 관련된 무언가를 가지고 있지 않는다면 나는 큰 시간의 손해를 보게 된다.

당연히 전쟁은 아주 좋지 않은 방향으로 흘러갈 것이다.

온전해진 데스브링어를 상대하게 될 것이었다.

"대령했습니다."

머지않아 오스웬이 장치를 들고 찾아왔다.

"바로 가능한가?"

"예, 지금 바로 실행시키지요. 부디 길을 잃지 마시길."

균열을 걷다 보면 길을 잃을 가능성이 높다. 무엇보다 계속해서 균열을 열어놔야 하기에 최대한 빨리 일을 끝마치고 돌아와야 했다.

안 그러면 균열을 통해 길을 잃은 존재가 나타나 주변의 모든 걸 파괴하려 들 테다. 충분히 막을 전력이 성 내에 있었지만 나락군주를 상대하는 게 아닌 일로 병력을 잃고 싶진 않았다.

"최대한 빨리 다녀오지."

곧 균열이 열렸다.

나는 발을 옮겨 균열 속으로 들어갔다.

정령계는 황폐했다. 곳곳에 균열이 뚫려 있었고 여기저기서 무언가가 파괴되는 광음이 울려 퍼졌다.

어둠의 정령들은 수도 없이 수많은 균열에 투입되며 다른 정령들과 전쟁을 벌이는 중이었다.

나는 수많은 균열의 안을 살펴보았다.

대부분의 정령계가 멸망했다. 모든 원소의 정령이 죽었으며 살아남은 이들은 어둠의 정령에게 복종했다.

하지만 아직 한 곳, 한창 전투를 벌이고 있는 곳이 있었다.

"불의 왕이 명한다! 지옥불로 다 태워 죽여 주마!"

불의 정령왕 가랏쉬!

그가 불의 정령들을 이끌고 고군분투하는 중이었다.

정령계의 최강자라 일컬어지는 그도 몸 전체에 상처가 가득했다.

균열을 다루고 막강한 힘을 가진 어둠의 정령들이 집요하게 그를 노리고 있었기 때문이다.

나는 잠시 고민했다.

이대로 어둠의 정령계 중심부로 들어갈 수도 있다.

하지만 모든 게 확실하지 않은 지금의 상황에서 정보를 손에 쥔 자는 상당히 중요한 가치를 가지고 있었다.

'돌아가는 정세를 물어봐야겠군.'

불의 정령왕 가랏쉬라면 누구보다 어둠의 정령들에 대해 잘 알고 있을 터.

고민을 끝내고 결정을 내린 이후 나는 빠르게 불의 정령계와 연결된 균열 속으로 들어갔다.

화르르르륵!

오만이 세계를 감싸듯 거칠고 넓게 타올랐다. 불의 정령왕 가랏쉬가 가진 불에 비교하여 전혀 부족함이 없었다. 오히려 내 높은 마력 덕택에 더욱 강력한 힘을 발휘했다.

이후 카오틱 블레이드를 길게 늘려 휘두르자 어둠의 정령들이 종잇장처럼 잘려 나갔다.

"어둠의 정령은 모두 멈춰라."

그리고 진·언령을 발휘했다. 말의 권능이 발현되자 어둠의 정령들은 거짓말처럼 움쩍달싹하지 못했다. 그들은 권능에 의한 보호를 받지 못하고 있는 것 같았다.

'뇌신, 날뛰어라.'

이어 뇌신도 자유자재로 풀어놨다.

미친 번개의 용이 포효를 내지르며 어둠의 정령들을 학살했다.

불의 정령계에 투입된 어둠의 정령을 모두 정리하는 데 들어간 시간은 기껏해야 10분 남짓.

압도적인 승리였다.

전투 중이었고, 이곳에 쳐들어온 어둠의 정령은 숫자만 많았다뿐이지 강한 존재가 없었다. 그리고 숫자만 많은 적은 내가 가장 좋아하는 먹잇감이다.

모두 정리된 걸 파악한 뒤 가랏쉬에게 다가갔다.

"오랜만이로군."

"……그런 것 같군."

가랏쉬가 얼떨떨한 표정으로 고개를 끄덕였다.

그럴 만도 했다. 그와 마지막으로 마주했을 때와 지금의 나는 확연히 차이가 났다. 그저 겉으로만 봐도 알아차릴 수 있을 정도로.

하물며 가랏쉬는 초월자의 격에 든 정령왕이다. 내 본질을 조금은 꿰뚫어 봤을 것이다.

가랏쉬는 내 전신을 훑어보곤 어렵사리 입을 열었다.

"마족이 맞는 건가? 이제 신이라고 해도 이상할 게 없겠군."

"신을 죽이려고 하고는 있지."

"흥미롭군, 아주 흥미로워. 바쁜 일만 아니었으면 나도 동참하고 싶을 정도야."

"가랏쉬, 어둠의 정령들에게 복수를 하고 싶지 않나?"

나는 가랏쉬의 눈을 똑바로 바라봤다. 불의 정령계는 반 이상이 망가져 있었다. 남은 숫자도 적었고 이대로 있다간 결과가 뻔하다. 몇 번 더 어둠의 정령들이 침범해 오면 끝내 파멸하고 말 것이다.

가랏쉬가 그 사실을 모를 리 없다. 그리고 내 힘을 본 가랏쉬가 어떤 선택을 할지도 명확했다. 동아줄이 내려온 것이나 마찬가지인 것이다.

동시에 가랏쉬가 입가에 미소를 띄었다.

"무엇을 원하나?"

그는 합리적인 왕이었다.

나는 그에게 전체 정령계가 돌아가는 이야기를 들었다.

균열이 열리고 어둠의 정령들이 공격하기 시작했다는 것.

어둠의 정령들의 격이 놀라보게 높아져 있었다는 것.

무엇보다 놀라운 건 어둠의 정령왕 아도니스가 반신의 영역에 들었다는 이야기다.

"놈은 균형을 무너뜨렸다. 정령들은 저마다 영역에서 정령계의 균형을 위해 헌신하고 있었지만 놈은 그저 파괴적인 욕망에만 사로잡힌 미치광이가 되었다. 이대로 가만히 놔두면 정령계는…… 후우."

가랏쉬가 한숨을 내쉬었다. 그가 전신에서 내뿜는 불은 강렬하기 짝이 없었지만 왜인지 힘이 없어 보였다.

"그 외에 이상한 건 없었나? 당하고만 있지는 않았을 텐데."

가랏쉬가 고개를 끄덕였다.

"그래, 우리는 연합을 했다. 살아남은 정령들은 힘을 합쳐 어둠의 정령계로 향했다. 그리고 전멸했노라. 돌아온 이는 나 하나뿐이었다."

"무슨 일이 있었지?"

"모르겠다. 그저…… 아도니스에게 공격이 통하지 않았다는 것밖엔……."

공격이 통하지 않는 대상을 이길 수는 없다. 그래서 반신의 자리에 올랐다고 표현한 것이다. 차마 신이라고 하지 않는 걸 보면 마지막 자존심인 듯했다.

"그게 끝인가? 무언가를 본 건 없나?"

"무언가? 이상한 표현이군. 글쎄. 내가 신경 쓸 정도의 것은…… 문. 그래, 문이 있었노라. 하늘에 뜬 거대한 문이었다. 힐끗 비춘 것에 불과했지만 분명히 본 것 같군."

문?

어둠의 정령계는 나도 익히 아는 장소다.

그곳의 중심부에 존재하는 성에서 몇 번이나 경매를 진행한 덕이다.

하지만 하늘에 뜬 문은 본 적이 없었다.

그렇다는 건 새롭게 나타난 문이라는 뜻이었고 시스템과 무관하지는 않을 것 같았다.

"하여튼 내가 말해줄 수 있는 건 이게 전부다. 어둠의 정령들은 훨씬 강해졌고, 숫자도 많고, 아도니스도 강력하기 짝이 없지. 그런 그들을 이길 묘수가 있는가?"

"묘수는 필요 없다."

나는 날개를 활짝 폈다.

이야기가 그게 전부라면 차라리 잘되었다.

신경 쓰지 않고 마구 날뛸 수 있겠다.

시간은 무엇보다 중요한 것이다. 어둠의 정령계에 정말 시스템이 있고 내가 그 근처에 있는 걸 눈치챘다면 데스브링어가 즉시 찾아올 것이다.

다행히 아직은 시간이 있었다. 나락군주와 빙의가 제대로 되지 않아 극심한 혼란을 느낄 지금밖에 없었다.

"혼자 처리할 셈이로군."

가랏쉬가 혀를 내둘렀다.

"돌아오거든 창고를 개방해야 할 것이다."

"그건 정령들이 돌아오면 성과에 따라…… 알았다. 창고 정도는 얼마든지 개방하지. 마음대로 가져가라. 대신, 놈들을 없애고 돌아와야 한다."

가랏쉬는 포기했다. 본래는 정령들을 돌려주는 대가로 무구를 줄 셈이었지만 상황이 바뀌었다. 언뜻 나와 함께 싸우고 싶어 하는 것도 같았지만, 그는 남은 정령들을 추스를 의무가 있었다.

나는 다시 균열로 향했다.

속전속결.

놈들이 알아차리고 준비할 시간 따위는 주지 않는다.

모든 걸 빠르게 해결할 셈이었다.

어둠의 정령들은 본래 상인에 지나지 않았다. 마족들의 포인트에 기대어 겨우 힘을 키우던 존재다. 선전포고를 하고 전쟁을 일으킨 건 전생에서조차 수십 년이 걸린 일. 하지만 고작 10년도 안 된 시간 내에 일을 벌였다. 무엇을 믿고?

균열은 균열일 뿐이다. 균열을 통해 조금씩 힘을 비축할 순 있겠지만 정령계 전체를 상대할 정도로 빠르게 성장할 순 없다.

그것이 가능한 이유, 원인······.

아무리 생각해 봐도 시스템뿐이다.

나는 균열을 넘어가 어둠의 정령계에 들어섰다. 어둠의 정령들이 눈치채지 못하도록 속도를 높여 심장부에 다다랐다.

이곳에서 나를 막을 자는 없었다. 내가 가진 격의 발끝이라도 따라온 존재 또한 없었다. 마계 옥션에서 마족들이 전

전긍긍한 것은 마신의 계약에 따라 힘이 잠시 봉인됐기 때문이다. 실제로 강한 존재는 마계에 훨씬 많았다.

어둠의 정령들이 아무리 강해졌다 하더라도 내 눈에는 거기서 거기일 따름이었다. 급 자체가 하나씩은 높아진 것 같았지만 그래 봐야 도토리 키 재기라는 소리다.

'아도니스.'

내가 문제로 삼는 건 아도니스였다.

가랏쉬가 반신이라 표현했다면 그만한 힘을 가지고 있다는 것이다. 물론 그 역시 문제는 되지 않으나, 겨우 초월자의 한계를 없앤 게 얼마 되지 않았다. 상식의 선을 벗어나는 성장이었다.

이윽고 나는 어둠의 정령계 중심부에 들어왔다.

거대한 성. 그리고 하늘에 떠 있는 문!

자세히 보이진 않았지만 분명히 존재했다.

내 심장이 더욱 격하게 뛰었다. 저 문이야말로 '시스템'으로 통하는 길이었다. 내 안에 깃든 구스타르테가 강력하게 주장하고 있었다.

그러나 문으로 가는 길목을 수많은 어둠의 정령이 막아서고 있었다. 하늘로 향하는 계단을 만들고 곳곳에 또 다른 성들을 배치했다. 허락받지 않은 자가 문으로 향하는 걸 철저히 막고 있었다.

'무시하고 통과할 순 없겠군.'

한 차례 볼을 긁었다.

처음부터 얌전히 있을 생각은 눈곱만큼도 없었다.

그리고 아도니스는 반드시 잡을 계획이었다. 녀석에게서 원하는 게 있다.

'칠 대 죄악.'

녀석이 가지고 있는 칠 대 죄악 전부를 원한다.

내게 있는 건 세 개, 그리고 탐식의 모방품이다.

탐식은 제외하더라도 세 개가 더 남았다.

모두 모으면 그 효과가 어떨지 궁금했다. 나락군주가 신을 죽이고자 직접 만든 무구이니 결코 호락호락하진 않을 것이었다. 천하의 오스웬마저 그 위험성을 깨닫고 균열 속에 숨겼다고 하지 않았나.

좌르르르륵!

나는 뇌신을 깨웠다.

뇌신이 길게 하품을 내뱉으며 튀어나왔다.

"조용히 인사하도록."

가볍게 인사만 할 요량이었다.

귀찮은 듯 뇌신이 흐물흐물 어둠의 정령들이 쌓아놓은 성을 향해 돌격했다.

그리고…….

콰릉! 콰콰콰콰쾅!

순식간에 성을 박살 냈다.

어둠의 정령들을 학살하고 있을 때였다.

몇 번이나 본 정령들도 있었지만 개의치 않았다. 그들과 나 사이에 정 같은 게 있을 리 만무했다. 그저 상인과 손님의 관계였고 지금은 온전히 적이 되었을 따름이었다.

적에게 인정을 봐줄 정도로 나는 착하지 않다.

마치 개미를 밟듯이 스치는 것만으로도 어둠의 정령들은 버텨내질 못했다.

그들과 나 사이에는 넘지 못할 벽이 있었다. 내가 권능을 사용할 필요조차 없는 것이다.

그렇게 몇이나 박살을 냈을 때일까.

"……랜달프 브뤼시엘, 나는 너에게 초대장을 보낸 기억이 없다만."

아도니스!

그가 두꺼운 검은색 망토를 걸치고 나타났다.

그리핀의 깃털이 달린 가면, 레전드 등급 이상으로 보이는 장신구들.

어둠의 정령 주제에 꽤 멋을 부렸다.

"아도니스, 생각해 보니 너에게 맡긴 게 있어서 잠시 들렀다."

"맡긴 거라니?"

"칠 대 죄악의 나머지와 저 문!"

손가락으로 하늘을 가리켰다.

거대하기 짝이 없는 문. 저 속에 시스템이 있다.

아도니스가 '하!' 하고 웃음을 토해냈다.

"강도가 따로 없군."

"아니, 나는 공손하게 부탁하고 있는 거다. 내놓으면 살려는 주겠노라고."

어둠의 정령들은 판매할 물품을 구하고자 무슨 방법이든 사용했다. 내가 하는 일이 그와 같다. 게다가 데스브링어와 결탁한 확정적 증거를 잡았다.

얌전히 내놓으면 살려주겠다는 말은 거짓은 아니다.

단지 그 대상이 아도니스가 아닐 뿐이다.

다른 어둠의 정령을 살리면 그만 아닌가.

물론 아도니스가 얌전히 내놓을 일도 없겠지만…….

"어디선가 힘을 얻고 기고만장하는 것 같다만, 죽고 싶어서 안달이라면 그 소원대로 해주마."

아무래도 아도니스와 데스브링어 사이에 정보교환 같은 건 안 되는 듯싶었다. 아도니스는 내가 무엇을 흡수해서 얼마나 강해졌는지 정확히 감을 못 잡고 있었다.

하기야 데스브링어가 아도니스 따위에게 정보를 전한다는 자체가 이상하다. 그저 필요에 의해 시스템을 맡기고 나락군주의 육체를 허무에서 빼온 것에 불과했다.

가랏쉬는 그래도 알아는 봤다. 한데 아도니스는 자신의 힘에 취해 나와의 격차를 알아보지 못했다.

알아봤다면 이렇게 나오지는 못했을 것이다.

'멍청한 놈이라 다행이군.'

어깨를 으쓱하며 분노와 황제의 검을 쥐었다.

이놈은 다른 스킬을 사용할 필요도 없었다.

마침 하늘엔 달이 떠 있었다.

'하이엔달의 검술이면 충분하다.'

순수한 검술로 박살 낼 작정이었다.

놈에겐 발가락 때만큼의 마력조차 아까웠다.

아도니스는 애당초 내 상대가 되지 못했다.

공격이 통하지 않은 건 반신급의 스킬을 가지고 있어서였다.

'엘리멘탈 실드(Demigod)'는 지정한 상대의 공격을 무효화시키는 스킬이었다.

하지만 내 앞에선 무용지물이었다. 아무리 반신급의 스킬을 가지고 있어도, 그 대상으로서 나를 지정했대도 격의 차이가 너무 많이 났다.

무기가 아무리 좋으면 뭐하겠는가, 사용하는 자가 형편없는데.

제대로 된 효율조차 끌어내지 못한 것이다.

심안의 싸움을 보면 이해하기 쉽다. 심안도 지정한 상대의 상태창 등을 보는 스킬이었지만, 방어 스킬이나 지능, 마력의 차이로 실패할 때가 있었다.

마찬가지다.

압도적인 능력치의 차이 앞에선 엘리멘탈 실드도 소용없었다.

"이건…… 말도 안……."

아도니스의 눈이 함지박만 하게 커졌다. 자신이 알던 나와 지금의 나는 믿기지 못할 만큼 큰 격차가 있었기 때문이다.

하지만 끝까지 말을 잇진 못했다.

내 검이 아도니스의 정수리를 쪼갰다.

좌악!

나는 검을 한 차례 털고 주변을 둘러봤다.

수많은 어둠의 정령이 나를 감싸고 있었지만 그들은 꿀 먹은 벙어리가 되어 가만히 이쪽만 쳐다보고 있을 따름이었다.

'그러고 보니 가랏쉬와 약속했지.'

어둠의 정령은 모두 같은 죄를 저질렀다.

그들 역시도 균형이긴 할 것이니, 소수만 제외하고 모두 불살라도 상관은 없을 듯했다.

화르륵!

쿠르릉!

뇌신이 날뛰었다.

오만의 불길은 어둠의 정령이 도망가지 못하도록 감쌌다.

그들은 갇힌 채 나 하나에 의해 농락당했다.

그리고 순식간에 눈에 띌 정도로 숫자가 줄었다.

이후 공격을 멈춘 뒤 처음부터 끝까지 떨고 있었던 정령에게로 다가갔다. 코볼트의 모습을 한, 가장 멍청해 보이는 정령이었다.

"이름이 무엇이냐?"

"스, 스니…… 딸꾹! 스니퍼입니다."

고개를 끄덕이곤 말했다.

"스니퍼, 지금부터 네가 살아남은 정령들의 우두머리다."

"따, 딸꾹! 예, 예?"

"우두머리 스니퍼. 칠 대 죄악의 나머지를 가져와라. 안 그러면 너의 충직한 부하들이 아도니스를 따라가게 될 것이다."

간단하게 해석해서 죽는다는 말이었다.

멍청해 보여도 말은 잘 알아들었는지 스니퍼가 열심히 머리를 흔들었다.

"예, 옙!"

스나퍼가 낼 수 있는 최고의 속도로 벗어났다. 도망칠 생각은 안 하는 것 같았다.

나는 나머지 살아남은 소수의 정령을 바라봤다.

어둠의 정령들은 그저 고개만 숙인 채 움직이지 못하고 있었다. 전의를 완벽하게 상실한 것이다.

"너희들은 패배했다."

나는 한 글자, 한 글자 힘을 주어 말했다.

다시금 패배를 각인시키고자 함이었다.

소수지만 살려준 건 승자의 자비요, 정령계의 균형을 위해서다.

내가 군이 균형을 지켜야 할 의무는 없었지만 어둠의 정령은 잘만 써먹으면 요긴한 존재다. 그들의 물건을 구해 오는 능력은 뛰어나기 그지없으니까.

후에 모든 일을 끝낸 뒤, 소수만 살려둬서 수족으로 사용해도 나쁘지 않을 것 같았다.

'그럼…….'

나는 시선을 들었다.

시스템으로 향하는 거대한 문이 두 눈에 들어왔다.

아도니스는 칠 대 죄악을 경매대에 올려놓고 경쟁을 시켰다. 나타난 모든 건 나에게 낙찰되었으며, 그러지 못한 것들을 대상으로 아도니스가 거래를 청했고 나는 거절한 적이 있었다.

이후 칠 대 죄악을 구할 길이 없었으나…… 지금은 온전히 나의 손에 들어오게 되었다.

'하나가 비는군.'

오만, 탐욕, 색정, 분노, 질투, 나태.

모든 게 있었지만 딱 하나.

식탐이 보이지 않았다.

하지만 식탐은 없어도 되는 것이었다. 인피니티 아머가 그 역할을 대신 수행하고 있는 덕이다.

분노는 검.

오만은 장갑.

나태는 망토.

식탐은 갑옷이며.

교만은 귀걸이였다.

색정은 허리띠였고, 마지막 질투는 신발이었다.

칠 대 죄악을 모두 착용하자 묘한 힘이 요동치기 시작했다.

[칠 대 죄악을 모두 착용했습니다. 스킬 '권능 파괴(God)'가 생성되

었습니다.]

[오로지 신격을 죽이고자 만들어진 무구가 칠 대 죄악입니다. 신의 권능을 파괴시킬 정도의 힘이 깃들어 있습니다.]

권능 파괴……!

주먹을 불끈 쥐었다. 개인적으로 나락군주가 신을 어떤 식으로 죽일지가 궁금했다. 이제 보니 아예 신이 가진 권능을 없앰으로써 동등한 위치에서 싸울 셈이었던 모양이다.

나는 권능 파괴를 주시했다. 곧 그에 따른 설명이 눈앞에 나타났다.

이름 - 권능 파괴(God)

설명 : 신격을 가진 상대의 권능 하나를 영구적으로 파괴시킨다. 같은 대상에게 중복 사용 불가. 오로지 신의 타락을 위해서만 존재하는 스킬. 한 번 사용할 때마다 칠 대 죄악 중 하나를 재물로 바쳐야 한다. (7/7)

과연.

7번밖에 사용하지 못한다는 단점이 있지만 사실 이쯤은 단점조차 되지 않는다. 내가 상대할 신은 데스브링어뿐이었다. 요컨대 데스브링어의 가장 귀찮은 권능 하나를 아예 삭

제시킬 수 있다는 말이다.

이건 사용하기에 따라 싸움을 굉장히 유리하게 이끌 수 있을 듯싶었다. 나락군주도 신격이 가진 권능이라는 게 얼마나 까다로운지 알고서 이러한 무구를 만든 게 분명했다.

'온전히 부활하는 데 성공했다면.'

만약 나락군주가 온전히 부활했다면 그는 정말 수많은 신을 죽이고 다녔을지도 모른다.

칠 대 죄악을 모아보니 나락군주가 가진 신에 대한 분노가 얼마나 강한지 알 것 같았다.

나는 한 차례 고개를 저으며 날개를 펼쳤다.

목표한 바를 하나 이뤘고 이제 마무리 단계에 들어갈 때였다.

빠르게 하늘로 올라 거대한 문 앞에 섰다.

'시스템이 이 안에 있다.'

문 위에 양손을 얹었다.

그리고 있는 힘껏 밀었다.

쿠우우우우웅.

하지만 쉽사리 열리지 않았다.

'열쇠가 되는 게 있는 건가?'

눈살을 찌푸렸다. 그러나 열쇠 같은 게 있을 리가 없었다.

열쇠가 있다는 건 누군가가 관리하는 게 가능하다는 뜻이고, 이는 곧 시스템을 조작하는 것이 가능하다는 말이었다.

누구도 아예 손댈 수 없다면 열쇠를 만들 필요가 없었다.

마신 데스브링어가 만든 시스템인데 누군가가 몰래 들어오는 것도 상상하기 어렵다.

들어갈 수 있는 표식 같은 게 있을 것이다.

"열려라."

언어의 권능. 내가 의식하며 담은 모든 말은 무엇이든지 간에 영향을 끼친다. 살아 있는 대상에게 국한되지 않았다. 무생물에게도 어느 정도 효과가 있었다.

[신격 확인. 권능 확인. 시스템 출입 허가.]

문득 그런 메시지가 떠올랐다.

내가 물음표를 띄우며 고개를 갸웃한 그 순간이었다.

쿠우우우우웅.

거대한 광음과 함께 문이 열리기 시작했다.

Dungeon Hunter

문의 안쪽은 환했다.

하지만 아무것도 없었다.

공백의 세계.

'여기가 시스템의 내부인가?'

신, 혹은 신에게 허락받은 이만 들어올 수 있도록 설계가 된 건 알겠다. 그러나 이 텅 빈 곳에서 무엇을 할지가 의문이었다.

구스타르테는 대답하지 않았다. 디아블로도 마찬가지다. 그들도 시스템의 내부에 관해선 문외한인 탓이다.

[시스템 - 필요한 기능을 실현하기 위하여 관련 요소를 어떤 법칙에 따라 조합한 집합체. 사전적 의미, 긍정.]

그런데…… 내가 생각한 찰나 눈앞에 답이 나타났다.

나는 고개를 끄덕였다. 그제야 이 안이 무엇을 하는 공간인지 알 것 같았다.

말하자면 '답'을 내려주는 곳이었다. 모든 정보가 안에 있고, 모든 것을 관리하는 장소가 여기였다.

이곳으로 말미암아 게임의 시스템을 만들고 아도니스는 스킬을 구했다.

나는 궁금한 것들을 떠올려 보았다.

'랜달프 브뤼시엘.'

가장 먼저 나에 대해 어떤 결론을 내릴지 보고 싶었다.

하지만 양이 방대했기 때문일까?

이번엔 문자로 나열되지 않았다.

대신, 눈앞에 또 다른 내가 나타났다.

랜달프 브뤼시엘.

바로 내가 태어날 때부터 시작되는 영상이었다.

'나도 부모가 있었군.'

하기야 부모 없이 태어나는 마족이 있겠는가.

나는 처음으로 나를 낳은 자들을 보았다. 평범하기 짝이 없는 마족. 전쟁이 지긋지긋해서 피난한 마족들이었다.

아기가 태어났을 때 그들은 웃었다. 하나 기쁨은 길지 않았다. 전쟁은 마계 전체를 좀먹고 있었다. 그들에게 피할 장소는 존재하지 않았다.

전쟁의 여파로 그들은 죽었다. 아기는 누군가의 손을 거쳐서 끈질기게 살아남았다. 무언가의 실험으로, 누군가의 노예로, 전쟁의 칼받이로…….

성장하며 아이는 강해졌다. 홀로서기가 진행되었고 강자들을 꺾으며 이름을 날렸다. 이후부터는 내 기억과 같았다.

나는 다시 한 번 기억을 되돌렸다. 태어난 순간부터 성장하는 짧은 시간만 무한정 반복했다.

아기 때에 불과했지만, 내게도 평범했던 시절이 짧게나마 있었다는 게 신기하고 놀라웠다.

진짜로 경험하는 것처럼 영상은 재생되었다. 그들이 나를 만지는 감각도 공유됐다. 잠시나마 그들의 품에 안긴 아기가 된 기분을 느낄 수 있었다.

나는 그렇게 다섯 번가량을 반복하곤 고개를 저었다. 부모의 얼굴은 머릿속에 각인되었으나 이제는 못 볼 이들이다. 과거를 붙잡을 순 없었다. 설령 과거로 돌아간대도 이제 막 태어난 아기가 무엇을 할 수 있겠나.

'기억의 저장소.'

그렇다. 이곳은 모든 기억을 저장하고 있었다. 내 머릿속에 없는 것조차 끄집어내는 걸 보면 정보의 보고라고 불러도 이상할 게 없을 듯했다.

'무엇을 해야 할지 알겠다.'

이 시스템을 부수는 게 나의 역할이었다.

나는 품에서 씨앗 하나를 꺼냈다.

인간의 태아와 비슷한, 하지만 굉장히 작은.

창조의 씨앗이다.

창조의 씨앗은 미지수였다. 아무것도 정해지지 않았지만 무언가를 낳기는 할 것이었다.

답을 낼 수 없는 것을 이 안에 심음으로써 시스템의 파괴, 혹은 거대한 오류를 불러올 생각이었다.

나는 바닥에 창조의 씨앗을 놓았다.

씨앗은 놓인 즉시 바닥을 파고들었다.

그리고.

[알 수 없음.]

[오류.]

[위험.]

[오류.]

순간 주변의 세상이 까맣게 물들었다.

모두 글자였다. 오류, 위험이란 단어가 숱하게 반복되며
주변에 깔렸다.

나는 미련 없이 등을 돌렸다.

시간이 많았다면 세상의 진리라는 것에 대해서 알아볼 수
도 있었겠지만, 한시가 급했다.

Dungeon Hunter

콰르릉!

쾅! 콰아아앙!

거대한 문이 무너지기 시작했다. 어둠의 정령들이 쌓아둔
성들을 덮치며 모든 게 사라져 갔다.

시스템이 무너져 내렸다. 뭉쳐 있던 신격이 대지에 퍼졌다. 그 양은 혀가 내둘러질 수준이었다. 데스브링어의 신격이었고 내가 흡수할 수는 없는 성질이었다. 신격은 해체된 즉시 천천히 움직이며 데스브링어에게 돌아가고자 했다.

'이런 식이었군.'

데스브링어의 신격이 상당 부분 소진된 건 확실하다.

하지만 이대로 가만히 있으면 언젠가는 대지의 신격이 모두 그에게 돌아가 힘을 회복할 것이었다.

이 또한 시간 싸움이었다.

아무래도 빠르게 돌아갈 필요가 있어 보였다.

나는 어둠의 정령들이 보물을 쌓아둔 창고를 털었다.

이후 열려 있는 균열을 통해 불의 정령계로 유입했다.

가랏쉬는 아예 입구 앞에 있었다. 그도 어둠의 정령계에 문제가 생긴 걸 실시간으로 지켜보는 중이었다. 그러다가 내가 튀어나오자 황당하기 짝이 없다는 표정으로 나를 바라봤다.

"전부 그쪽이 한 건가?"

"어렵진 않더군. 시간이 얼마나 흘렀지?"

"5일밖에 안 흘렸다."

5일!

고작 아도니스 따위를 잡는 데 그만한 시간이 들어갈 리는 없었다.

시스템의 내부는 바깥의 세상과 시간의 흐름이 다른 것 같았다. 조금 더 있었으면 큰일 날 뻔했다.

지금쯤 마계에선 전쟁이 벌어졌을 것이다.

마음이 더 급해졌다.

"약속을 지켜라, 가랏쉬."

"……약속은 약속이지. 좋다. 창고를 개방하마. 원하는 건 전부 가져가도 된다."

기가 질렸다는 듯 가랏쉬가 말했다. 어둠의 정령을 순식간에 정리해 버린 내 공로를 그래도 높이 사는 것 같기는 했다.

나는 불의 정령의 안내를 받아 창고로 향했다.

그리고 마법 주머니를 열고 쓸 만해 보이는 모든 무구를 쓸어 담았다.

레전드 등급의 무기도 몇 개 있었다.

'도움이 되겠군.'

고개를 주억였다. 이 정도면 전쟁을 수행하는 데 큰 도움이 될 것이다. 휘하 마족이나 마수에게 착용시키면 몇 배는 전력이 증가될 듯싶었다.

'내가 쓸 만한 건 없군.'

조금은 아쉬웠다. 그러나 이내 털어버렸다.

칠 대 죄악은 무려 일곱 개로 이루어진 세트 아이템이다.

딱히 다른 아이템이 필요할 것도 없었다.

거대한 창고의 절반을 쓸어버린 다음 나는 바깥으로 나왔다.

"신을 죽이러 가는 건가?"

어둠의 정령계로 가기 전 내가 했던 말을 기억한 모양이었다. 나는 가볍게 긍정했다.

"그렇다."

"하긴, 신이라도 죽이지 못할 건 없어 보이는군."

가랏쉬는 단번에 납득했다. 고작 5일 만에 어둠의 정령들을 정리한 게 그에겐 퍽이나 위대해 보인 모양이었다.

실제로 가랏쉬의 눈은 빛나고 있었다.

"일이 끝나면 다시 한 번 찾아와라. 너와는 돈독한 관계를 유지하고 싶으니."

다시 찾아올 일이 있을까?

물론 나중 일은 모르는 것이었다.

고개를 끄덕이곤 몸을 돌렸다.

도박은 성공했다.

어둠의 정령계에 시스템이 있었고 파괴할 수 있었다.

시스템이 파괴되며 데스브링어가 심어놓은 신격이 대지에 흩어졌다. 저만한 양이라면 데스브링어도 정상적인 상태는 아닐 터. 회복하기 전에 끝내야만 한다.

오래전.

그는 게임을 제시했다.

나는 기꺼이 참가했지만 처음부터 데스브링어는 참가한 모든 마족을 소모품으로 보았다. 그저 자신의 실험을 위해 사용한 것에 지나지 않았다.

그 부분이 마음에 들지 않았다. 아무리 신이라지만 나는 그의 꼭두각시가 아니다. 독립적인 존재이고 나를 대체할 건 아무것도 없었다.

그 사실을 뼛속 깊이 깨닫도록 해줘야 할 것 같았다.

'최후의 승자는 나다.'

판은 뒤집혔다.

이제 마지막 싸움만이 남았을 뿐이었다.

Dungeon Hunter

전쟁이 시작됐다.

나락군주가 지휘하는 군세는 500만에 가까웠다.

반면 수성하는 숫자는 50만이 채 되질 않았다.

열 배의 숫자는 쉽게 뒤집을 수가 없다. 게다가 마족들의 싸움에서 수성이란 개념은 매우 희박하기 그지없었다.

강력한 존재가 우글댔고, 고작 성벽 따위는 눈 깜빡할 사이에 무너지기 때문이다.

"마족의 수치들, 자신이 모실 왕도 잊어버린 망자들아. 나 아리엘 디아블로가 오늘 너희를 지우겠다. 자신의 잘못을 깨 우치고 죽어라."

발록의 뼈로 만든 상아검과 갑옷.

아리엘의 뒤를 따라 수백의 은색 기사가 도열했다.

쿵! 콰르릉!

아수라장.

전쟁은 이미 시작됐다. 수백만의 마족과 마수가 뒤엉켰다. 비명과 피가 끊이질 않았다.

하지만 데스브링어의 군세는 강력하기 짝이 없었다. 단순 히 숫자만 많은 게 아니다. 대공을 제외한 거의 모든, 귀족 직위를 가진 마족이 포함되어 있었다. 마족의 계급은 보통 힘으로 정해진다. 그들이 약할 리 만무했다.

"황제 폐하께서 돌아오실 때까지 버텨라!"

오스웬도 전쟁에 참여했다.

저 대군을 이끄는 게 나락군주임을 확인하곤 어느 때보다 열성적으로 전투를 벌이고 있었다.

콰득!

그는 가파람이 만든 호문쿨루스 오십여 마리를 대동한 채 적을 맞이했다.

호문쿨루스는 괴력을 가지고 있었다. 적의 목을 잡고 그대로 뽑아버렸다.

다른 곳도 고군분투하긴 마찬가지였다. 해일처럼 밀려드는 적을 상대로 중요 요충지를 지키며 한 치도 뚫리지 않는 싸움을 계속했다.

성 위에 걸린 거대하기 짝이 없는 거울은 저주를 끊어내고 있었다. 그리고 거울을 지키고자 십만에 달하는 병사가 그 주변을 철통같이 지켰다.

적들도 그를 알았다. 집중적으로 거울을 공략하고 있었다.

그렇게 하루는 무사히 막아냈으나…… 쉴 틈이 없었다.

아군은 빠르게 줄어갔고 적은 줄어드는 기색이 전혀 보이지 않았다. 이대로는 패배할 뿐이라는 걸 모두 알았다. 게다가 적의 전신이라 부를 수 있는 나락군주가 참여하지 않았다. 모두가 이를 악물었다. 알아도 내어줄 순 없었다.

그리고 이틀째.

하늘에 태양이 걸렸을 때, 나락군주가 모습을 드러냈다.

종장

최후의 전투

Dungeon Hunter

나락군주는 연신 피를 토했다. 사시나무처럼 몸을 떨고 이를 갈았다. 두 눈에서도 피가 흘러나왔는데 정상적인 모습은 아니었다.

"랜달프…… 브뤼시엘……!"

그의 목소리가 전장을 가득 채웠다. 듣는 것만으로도 오싹한 기분이 전신을 엄습했다. 강자들은 즉시 그가 나락군주이고 격이 다른 적임을 알아봤다. 그야말로 가장 최후의 시련이라고. 희망임과 동시에 깊은 절망으로 찾아왔다.

나락군주가 손을 들었다.

그의 손에 점차 파멸의 기운이 몰려들었다.

강대한 마력. 위험하다. 하지만 피할 수 없었다.

이어 그가 손을 내뻗자 얼굴 하나만 한 크기의 보랏빛 구가 지상을 강타했다.

쿠와아아아아아아아아아아앙!

폭발은 적아를 가리지 않았다. 거센 폭풍은 닿는 모든 것을 지웠다.

파멸의 인도(God).

오로지 파괴를 위한 권능이다.

권능의 힘이니 급이 높은 마족과 마수도 견디지 못했다. 순식간에 3만에 달하는 마수와 마족이 증발하였다.

데스브링어는 그조차 성에 안 찬다는 표정이었다. 원래는 이보다 강력해야 정상이다. 시스템에 가둬둔 신격이 흩어지며 힘이 약해졌다. 주먹을 으스러져라 쥐곤 성을 바라봤다. 아무리 약체화했다고는 하나 그는 데스브링어. 마신이었다.

거대한 성 하나를 없애는 것쯤은 일도 아니었다.

"필멸자는 불멸자를 이길 수 없다. 나는 마신 데스브링어! 감히 신에 대항하려 하느냐?"

그가 다시금 손을 뻗었다. 그러자 대지에서 무수히 많은 손이 뻗어 나왔다. 손들은 죽은 3만의 시체를 땅속으로 가져갔고, 곧 거대한 인형을 하나 만들었다.

콰릌.

콰르릌.

3만의 시체가 합쳐져 신장 100m를 넘기는 괴물이 완성되었다. 그가 가지 권능과 스킬을 적절하게 합친 결과물이었다.

괴물은 무식하기 짝이 없었다. 그러나 그만큼 강했다.

괴물이 휩쓸고 지나간 곳은 시체도 온전히 남지 않았다.

데스브링어에게 적군과 아군의 구별은 크게 의미가 없는 듯싶었다.

"네놈은 최후에 죽여 주마. 그 전에…… 네가 가진 모든 것을 없애주겠다."

그가 선언했다. 신격이 담긴 말. 반드시 지킬 약속이라도 되듯이 힘을 주어 입에 담았다.

발록 로구잔, 어둠의 정령왕 아도니스. 모두 강자의 세계에 들어간 존재라는 건 부정할 수 없는 사실이나 내 격에 비하면 한참 미치지 못했다.

절대적 약탈을 쓰더라도 효과가 없다는 의미다. 물론 카마엘처럼 권능을 가진 경우라면 이야기가 다르겠지만, 둘 다 권능은 전혀 가지고 있지 않았다.

아도니스, 놈은 시스템에 들어가 엘리멘탈 실드를 얻었다.

시스템이 얻을 방법을 알려주고 놈은 그대로 행했겠지.

하지만 역시 권능이라 하긴 부족하다. 심지어 놈은 엘리멘탈 실드를 제대로 다루지도 못했다. 불현듯 얻은 힘에 취해 가뜩이나 멍청한 머리가 아예 생각이란 걸 멈추게 만든 것이다.

둘을 흡수해 봤자 강해지진 않으리라.

그리고 이 절대적 약탈에는 숫자의 제한이 있는 것 같았다.

'다섯 정도는 더 흡수할 수 있겠지.'

처음에는 마력의 양인 줄 알았다. 그런데 몇 번 사용하다 보니 흡수할 수 있는 숫자의 제한이 있다는 걸 깨닫게 되었다. 내 역량에 따라 다르고, 다섯 번가량이 남은 것 같았다.

하여튼…… 나는 기대하고 있었다.

'데스브링어를 흡수하면 어찌 될까.'

신격이 떨어진 신이래도 데스브링어는 마신이다.

최상급의 신!

나 또한 그와 비슷하거나 그 이상의 힘을 가지게 될 가능성이 높았다. 지금도 살아 있는 신과 같은 신위를 발휘할 수 있는데 데스브링어를 약탈한 뒤는 상상하기조차 어렵다. 강해지는 일 자체는 언제나 즐거운 법이었다.

이히를 통해 그가 대대적인 공격을 시작했단 말을 들었다.

'공격을 했다면 받아쳐 주는 게 인지상정이지.'

나는 당하고만 살지 못하는 성격이었다.

균열을 통해 돌아온 즉시 가져온 모든 무기를 풀었다. 최소 에픽 이상의 무구가 수백 개가 넘게 쌓였다. 유니크 등급도 천여 정은 있었다.

"필요한 자들에게 나눠 줘라."

"네, 마스터."

이히는 즉시 내가 내린 명령을 이행했다.

이곳 성의 상태는 최악이었다. 그간 후퇴를 거듭하고 밀려난 탓에 가지고 있는 장비의 상태가 형편없었다. 장인은 도구를 가리지 않는다지만 전장에서는 이야기가 다르다. 실력이 비슷하다면 조금이라도 더 좋은 장비를 쓰는 쪽이 이기는 게 당연하다. 간발의 차이가 승리를 귀결 짓는 게 전장인 탓이다.

그리고 무구만 바꿔줘도 실력이 몇 배는 상승할 마족이 꽤 많았다. 아리엘 디아블로가 다스리던 성이라서 그런지 다들 병장기 하나만큼은 기가 막히게 잘 다뤘던 것이다.

나는 이히에게 일을 맡기고 성 위에 올랐다. 즉시 전장의 현황을 살폈다. 그리고 가볍게 혀를 찼다.

'최악이군.'

공격이 시작되고 얼마 지나지 않은 것 같았다. 하지만 곳곳에 보이는 흔적들은 너무나도 참혹하기 그지없었다. 적군과 아군의 시체가 함께 뒹굴며 무더기로 쌓여 있었다. 그럼에도 적은 많았고 아군의 숫자는 눈에 띄게 줄어든 상태였다.

'20만도 안 남았나.'

냉정하게 전장을 훑었다. 고군분투 끝에 적의 숫자가 많이 줄어들긴 했지만 아직도 300만가량이 남아 있었다. 그나마 좁은 곳에서 혈투를 벌인 끝에 둘러싸이지 않고 있는 상황이었다.

하나 오래가진 않을 듯싶었다. 길이 하나만 뚫려도 나머진 쉽다. 눈 깜박할 사이에 포위당한 채 전멸할 것이다.

게다가…….

시선을 들었다. 가장 높은 곳. 나락군주의 탈을 쓴 데스브링어가 파멸의 기운을 모으고 있었다. 그 크기는 성인 남성만 했지만, 담긴 마력의 기운은 아찔할 정도였다.

'아예 전멸시킬 작정이로군.'

본 즉시 알았다.

저것은 데스브링어의 권능이라고!

신의 힘. 그중에서도 데스브링어가 가진 가장 파괴적인 기운이다.

막을 수 있을까?

고개를 저었다.

권능은 막지 못한다. 방해는 할 수 있을지언정 결국 파멸의 기운이 대지에 닿는 걸 막을 수 없다. 받아치려면 나 역시 권능을 사용해야 하는데, 내가 가진 권능은 두 개였다.

이면 세계와 진 · 언령.

그러나 둘 다 공격적인 권능은 아니었다.

'하는 수 없지.'

저게 떨어지면 성은 무너진다.

성뿐인가? 주변의 모든 마수가 궤멸할 것이다.

저런 권능을 두 개 가지고 있지는 않을 터.

고민은 짧았다.

귀걸이 하나를 풀었다. 그것을 손에 쥐고 말했다.

"권능 파괴."

촤아아아악!

귀걸이에서 하얀빛이 튀어나왔다. 빛은 이내 내가 의도한 대상인 데스브링어를 집어삼켰다. 그러자 그의 표정이 굳었다.

'메시지가 뜨지 않는군. 아마도 시스템이 무너진 영향이겠지.'

시스템은 무엇을 하면 되는지 선택지를 주었다. 그대로 행하면 되었다. 하지만 시스템이 무너진 지금, 모든 걸 내가 조작하고 실행해야 했다.

귀걸이 위로 다섯 개의 빛깔이 흘러나왔다.

검은색, 보라색, 주홍색, 빨간색, 파란색.

이 중에 하나를 없앨 수 있다는 의미 같았다.

보라색을 잡았다. 그대로 손에 쥐어 없앴다.

쉬이익.

그 순간 데스브링어가 모이던 파멸적인 기운이 거짓말처럼 사라졌다.

귀걸이도 함께 증발했다.

'이제 네 개의 권능이 남았구나.'

고개를 끄덕였다. 권능 파괴는 권능만 파괴하는 스킬이 아니었다. 상대가 몇 가지 권능을 가지고 있는지도 확인할 수 있었다.

다섯 개의 빛이 나타났고, 그중 하나를 파괴했다.

이제 남은 권능은 네 개.

"나락군주가 이런 좋은 걸 만들었더군."

어깨를 으쓱하며 데스브링어를 바라봤다. 그는 현재 나락군주의 몸 안에 갇혀 있었다.

신격이 모두 되돌아오기 전까지 그는 나락군주의 몸에서 빠져나갈 수 없고 나락군주만 죽인다면 그 역시도 완전히 소멸할 것이다. 허무에 잠들어 있던 존재가 죽거든 그야말로 소멸밖에 없으니 말이다.

"랜달프 브뤼시엘……!"

권능 하나가 소멸되었음을 그도 느낀 것이다.

데스브링어가 몸을 잘게 떨었다. 신격이 많이 떨어져서 그런가? 감정의 표현이 격하다. 어쩐지 그가 마신이나 되는 존재라곤 생각이 되지 않았다. 마계에서 처음 그를 보았을 때와는 확연히 다르다.

'할 만하다.'

입가에 미소를 띠었다. 그는 분노를 느끼고 있을지 몰라도 나는 즐겁기 그지없었다.

가장 강력한 권능 하나를 지워냈으니 장소만 옮기면 될 것 같았다. 이곳에서 데스브링어와 격돌하거든 수많은 피해가 날 것이고, 그 여파로 내 휘하 마족과 마수들이 불리해질 가능성이 훨씬 높았다.

처음 그는 나를 무시한 채 내 휘하의 병사를 모두 죽일 셈이었지만, 계획이 물거품이 되자 나를 적대하기 시작했다. 분노가 머리끝까지 차올랐을 이때 자리를 옮겨야 했다.

휘이잉!

분노와 황제의 검을 들고 카오틱 블레이드를 전개했다.

파아아앙!

허공을 박찼다. 날개를 접어 최대한 빠른 속도로 데스브링어에게 튕겨지듯 날아갔다.

콰아앙!

파란색 장벽에 검이 막혔다. 마력을 사용한 실드는 아니다.

'이것도 권능이로군.'

보호막을 형성하는 권능이라.

문득 카마엘이 떠올랐다. 놈처럼 귀찮은 권능은 질색이었다. 하지만 데스브링어가 방어적인 권능을 가지고 있을 리만무하다. 구스타르테와 디아블로도 코웃음을 쳤다.

그렇다면…….

'나락군주가 본래 가진 권능.'

수호의 권능!

수호자의 운명을 억지로 뒤집어썼기에 가지게 된 권능이며, 그 능력은 지킬 게 있을 경우에 한하여 시전자를 무적에 가까운 상태로 만든다.

반대로 상대방이 지켜야 할 게 더욱 많고 무겁다면 별다른 힘을 발휘하지 못한다.

쩌적! 쩌저적!

내 검을 받아낸 보호막이 부서졌다.

데스브링어는 지킬 대상이 없다. 그는 홀로 존재했으며 독보하는 존재다.

반대로 나는 지켜야 할 이가 많았다. 적어도 여태껏 나를 따라온 휘하의 병사들 정도는 지켜야 하지 않겠는가. 그것이 마왕의 책임이었다.

수호의 권능은 내 앞에서 쓸모없었다. 데스브링어보단 내가 지키는 이가 훨씬 많았다.

'남은 권능은 세 개.'

콰앙! 콰앙!

연달아 검을 휘둘렀다. 그럴 때마다 데스브링어가 손을 뻗어 검을 막았다. 거대한 충격파가 연이어 생겨났고, 나는 조금씩 옆으로 이동하고 있었다.

너른 계곡.

데스브링어는 이를 갈며 팔을 펼쳤다. 곧 붉은 기운이 계곡 전체를 감쌌다.

이 역시 권능이다. 그가 가진 공간을 지배하는 지고한 권능이었다.

자연스럽게 눈살을 찌푸렸다. 표시가 되진 않았지만, 이 공간에 들어선 순간부터 능력치가 하락했음을 알 수 있었다.

─절대적 지배. 나의 권능으로 맞받아칠 수 있노라.

디아블로의 목소리가 환청처럼 들려왔다. 지금 데스브링어가 펼친 이 붉은 마력은 '절대적 지배'라는 이름의 권능이었고 내가 가진 언령으로 충분히 방어할 수 있다는 뜻이다.

하기야 언령 역시 어찌 보면 공간 지배와 비슷한 맥락의 권능이다. 내 말이 닿는 곳까지 지배할 수 있다는 의미니까. 중첩되면 상쇄도 가능할 것이다.

"데스브링어, 너의 권능은 내게 통하지 않는다."

의지를 담아 말했다.

째쟁!

곧 붉은 마력이 거울처럼 깨져 나갔다.

'역시…… 지금 그는 반편이 신이다.'

데스브링어가 본래의 신격을 가지고 있었다면 쉽진 않았을 것이다. 다 같은 권능이라도 분명히 사용자에 따른 격의 차이는 존재하기 때문이다.

하지만 이처럼 쉽게 막아낸 건 시스템이 붕괴하며 그의 신격이 반토막 난 덕분이었다.

데스브링어의 표정이 잔뜩 굳었다.

그는 태어날 때부터 신이었다. 그런 그가 언제 이런 경우를 당해봤겠는가.

하물며 나는 필멸자의 운명을 지닌 마족이었다.

하지만 단순한 마족은 아니다. 나 역시 신격을 소유했다.

내가 본래 가진 능력에 더해 구스타르테, 원류의 마왕 디아블로가 가진 힘도 흡수했다. 적어도 필멸자 중에서 나를 뛰어넘는 이는 오랜 시간을 되돌려 봐도 없었을 것이다.

"필멸자 주제에……! 창조물 따위가 창조주를 넘으려 하느냐!"

데스브링어의 감정이 격해졌다. 신은 본래 완전한 존재다. 저 정도로 감정의 표현을 하지 않는다.

그제야 확신했다. 그는 타락한 신이었다. 반편이란 표현도 맞았다. 필멸자와 불멸자의 경계가 흐트러지고 있었다.

빙의가 아니라 나락군주에게 완전히 일체화했으니…… 나락군주가 내게 가진 분노. 자신의 것을 모두 가져간 그 원통함이 데스브링어에게서 느껴지고 있었다.

'비참한 말로로군.'

나락군주가 시스템을 이용해 신을 죽이려 하는 건 좋다. 내가 상관할 바가 아니다. 하지만 게임을 망쳐선 안 됐다. 나를 표적으로 삼은 게 가장 큰 실수였다.

남은 권능은 두 개. 하지만 크게 신경 쓰이진 않았다.

"데스브링어, 끝을 내자."

오만의 불길, 뇌신, 카오틱 블레이드.

모든 공격 스킬을 동시에 펼쳤다. 놈만 죽이면 지금 성을 공격하는 군세도 와해될 것이었다. 그의 스킬로 말미암아 존재하는 이들이었다.

데스브링어의 표정이 바뀌었다. 이를 갈다가 곧 서슬 퍼런 미소를 지었다.

"끝? ……오냐, 이것은 피할 수 없을 거다."

그가 손을 들었다. 그리고 나를 가리켰다.

"마신의 진정한 권능은 지금껏 네가 상쇄한 그런 게 아니다. 나는 창조주이고 창조물을 입맛에 맞게 조리할 권한을 가졌지. 내 권한에 따라 지금부로 네놈을 지우겠다."

데스브링어는 마신이었다.

마족의 신.

그리고 나는 그가 창조한 종족이었다.

그가 연이어 입을 열었다.

"죽음."

다른 단어는 필요조차 없다는 듯.

그가 가진 나머지 두 가지 권능 중 하나가 발현되었다. 하지만, 여태껏 펼친 권능과는 느낌이 전혀 달랐다.

일인지정.

그가 가진, 최후이자 최강의 권능!

바로 상대에게 내리는 죽음의 선포였다.

데스브링어가 죽음이란 단어를 입에 담은 즉시, 내 주변의 세상이 바뀌었다. 검었고 아무것도 보이지 않았다. 하지만 데스브링어의 말에 따라 바로 죽지는 않았다.

"끅……!"

내 몸이 말을 듣지 않았다. 스스로의 목을 조이고자 손이 움직였다. 그럼에도 저항할 수 있는 건 높은 지능 수치 덕분이다.

쿠웅!

하늘에서 추락하여 바닥에 처박혔다.

그 상태로 나는 몸을 바르르 떨어대며 비틀었다.

'잔여 능력치.'

이를 악물었다. 버텨야 했다.

본능적으로 이 권능을 막을 방법이 지능밖에 없음을 알아차렸다. 그러기 위해 나는 잔여 능력치를 사용하자 마음먹었다.

하지만 어떻게?

시스템이 무너졌다. 올릴 방법을 알지 못한다.

"마스터!"

그때 돌연 이히의 목소리가 지척에서 들렸다.

환청인가?

데스브링어가 가진 공간 장악의 권능은 내게 통하지 않을 뿐이지 계속해서 전개되고 있었다. 영혼이 이어져 있는 이히와의 연결 고리마저 강제로 끊긴 게 느껴졌건만.

"던전 코어는 살아 있어요. 코어는 시스템의 일부예요! 빨리 이히의 손을 잡아요!"

내 시야는 어둠에 물들어 있었다. 아무것도 보이지 않았다. 천천히 조여 오는 죽음만이 시시각각 느껴지고 있을 뿐이었다.

하지만, 나는 손을 내밀었다.

곧 누군가가 내 손을 맞잡았다.

[시스템 재개율 0.001%]

[복구 불가.]

[상태창…… 복구 완료.]

이름 : 랜달프 브뤼시엘

직업 : 마왕(던전 마스터)

칭호 :

*던전사냥꾼(던전점령, 마족사냥 시 잔여 능력치+1)

*불굴의 전사(Ex U, 모든 능력치+2)

*최초로 요정의 축복은 받은 자(U, 마력+6)

*근원의 주인(Epic, 모든 능력치+3)

*언데드(Ex U, 지능체력+5)

*지저 세계의 지배자(Legend, 모든 능력치+5, 에픽 미만 스킬의 등급+0.5)

*원류의 마왕(God, 모든 능력치+10, 초월급의 언령 부여.)

능력치 :

힘 130(+30)

지능 149(+25)

민첩 125(+30)

체력 145(+32)

마력 142(+26)

잠재력 (689+143/???)

잔여 능력치 : 47

전력량 : 742GW

특이사항 : 지저 세계의 주인. 나락군주의 심장이 완전히 각성했
　　　　　 습니다. 모종의 이유로 강력한 신격을 얻었습니다. 원
　　　　　 류의 마왕 디아블로의 힘을 승계했습니다.

스킬 : 만물조합(Ex U), 십안(Demigod), 다크 소드(Epic), 신검합일
　　　　 (Epic, Passive), 전격의 정령(Epic), 오만(Epic), 타락(Legend), 지
　　　　 배의 권능(Ex Epic, Passive), 정령과의 교감(Epic, Passive), 이면
　　　　 세계(God), 진·언령(God, Passive), 절대적 약탈(Demigod), 카
　　　　 오틱 블레이드(Legend), 권능 파괴(God)

　적용 중인 스킬&아이템 효과 : 분노(힘+7), 나태(민첩+7), 오만(체력
+7), 신검합일(힘민첩+3)

　어둠을 뚫고 한 줄기 글자들이 내 앞에 모습을 드러냈다.

　나는 피가 날 정도로 입술을 강하게 깨물며 잔여 능력치
전부를 지능에 때려 박았다.

　이로써 내 지능은 200을 훌쩍 넘긴 221에 달했다.

　['이지스의 방패(God)' 스킬 생성.]

　200이 넘는 지능은 그 자체만으로도 권능과 다를 바가 없

었다.

이지스의 방패라는 스킬이 생성되자 주변을 물들인 어둠이 빠르게 걷혀 나갔다.

세상이 본래의 모습을 되찾았고, 그제야 나는 겨우 눈을 뜰 수 있었다. 하지만 내 눈앞에 비친 광경을 쉽사리 이해가 안 되는 종류의 것이었다.

"요정 따위가 내 일을 방해해? 죽어 마땅하다."

데스브링어의 손이 이히의 가슴을 꿰뚫고 있었다.

이히는 영체다. 하지만 데스브링어는 영체마저 잘라내는 힘을 가지고 있었다. 그의 힘 자체가 애당초 신의 영역에 있었던 탓이다. 요정왕의 격을 얻었대도 데스브링어를 상대하는 건 불가능하다.

동시에, 이히의 모습이 점차 흐릿해져 갔다.

"······."

나는 침묵했다. 그러자 이히는 나를 바라보며 작게 웃었다.

"마, 마스터······ 이히히."

저 잘했죠?

장난스럽게 웃던 이히가 목을 푹 숙였다.

그리고 하얀 연기가 되어 사라졌다.

"······."

표정이 굳었다.

아.

작게 입이 벌어졌지만, 그뿐이었다.

무어라 말을 해야 할지 감이 잡히지 않았다.

이히가 죽는 걸 보는 건 이번이 두 번째다.

두 번 모두 나를 대신해 죽었다. 나를 원망하지 않는 것도 똑같다.

이히는 본래 왕의 격을 얻고 떠났어야 했다. 우리가 맺은 계약은 그 시점을 기준으로 본래 종료되어야 정상이었다.

코어에서 벗어나 자신의 세계를 구축하는 것.

그런 중요한 사명을 떠안고 있음에도 이히는 계속해서 코어에 귀속해 있었다. 불안하다는 말과 함께 남아서 나를 계속 지켜본 게 분명했다.

"안녕하세요, 던전 마스터. 저는 던전 마스터의 도우미 요정 이히예요! 이히!"

"우와, 대단하세요, 마스터! 독심술이라니!"

"이히가 정말 잘못했어요. 끝까지 지켜봤어야 했는데. 이히가 그러질 않았어요. 용서해 주세요, 마스터…… 히잉."

"마스터! 마스터! 엉엉! 이히를 버려두고 죽지 말아요."

생각해 보면 이히는 말썽만 부릴 뿐이었다. 항상 내가 말한 일을 제대로 행하지 않았고 혼나길 반복했다.

몰래 정원을 만들어 꿀벌을 키울 정도로 벌에 대한 애정이 남달랐다. 가끔 놀라운 창의력으로 예상하지 못한 일을 일으킬 때가 있긴 했지만 솔직히 가만히 있어주는 게 도움이 되었다.

그러나, 그럼에도, 나는 항상 이히를 옆에 두었다.

이히는 결코 배신하지 않았다. 전생에서조차 내가 아무리 모질게 대해도 웃어 보일 따름이었다. 나를 대신해 죽을 때조차도 그 태도는 변하지 않았다.

하지만, 그것도 이제 끝이다.

나는 시간을 되돌릴 능력을 가지고 있지 않았다.

그리고 한 번 돌린 시간을 다시 돌리는 건 불가능하다. 신격을 얻으며 세상의 진리를 조금은 깨달았기에 확신할 수 있었다.

그 말괄량이를 이제는 보지 못한다는 뜻이다.

"이지스의 권능을 가졌느냐? 그래도 소용없다. 필멸자가 그 힘을 제대로 다룰 수 있을 리가 없으니까."

데스브링어가 이죽거렸다.

나는 아예 표정을 지우며 놈을 바라봤다.

"너는 죽는다."

그리고 선언했다.

죽음의 권능 따위는 상대도 되지 않을, 초월적인 의지를 담았다.

결코, 결코 놈은 이곳을 살아서 벗어나지 못할 것이다.

에필로그

Dungeon Hunter

데스브링어를 약탈하자 그의 권능이 고스란히 내게 넘어왔다. 한창 전쟁을 벌이던 죽은 자들이 모래처럼 스러지자 남은 이들은 승리의 환호를 내질렀다.

우리는 승리했다.

마신을 상대로 대승을 거뒀다.

시체를 치우고 그들의 장례를 치렀다. 이후 거대한 규모의 파티가 열렸으며 모두가 승리를 자축했다. 승리의 중심에는 내가 있었다.

마신을 죽인 마왕.

나락군주라고 알려졌으나, 아는 이는 모두가 알았다.

신조차 죽였으니 마계에선 나를 막을 이가 없었다.

나는 절대자.

마계의 왕이었다.

왕의 이름으로 마계의 복구에 온 힘을 기울일 것을 천명했다. 동시에 새로운 마왕의 탄생을 알리는 결행식을 마왕성에서 열었다.

마계에 살아남은, 숨어 있던 마족들이 하나둘 튀어나왔다.

마왕성 앞에 천만에 다다르는 인파가 몰려들었다.

이제 마계의 모든 마족은 알게 되었다. 새로운 마왕이 누구인지. 오랜 시간 자신들을 통치할 지배자가 랜달프 브뤼시엘이라는 이름을 가지고 있다는 사실을…….

모든 연회가 끝난 자리.

나는 홀로 마왕의 방에 들어왔다.

주변은 적막만이 가득했다.

툭. 툭.

발걸음 소리가 방을 울렸다.

나는 천천히, 아주 천천히 발을 옮기며 계단을 올랐다.

수십 개의 계단 위에 커다란 의자가 하나 있었다.

용과 발록의 뼈로 만들어진, 오로지 마왕만이 앉는 게 허락되는 자리.

나는 그 자리에 앉았다.

의자 끝까지 허리를 밀어 넣고 살짝 고개를 뒤로 젖혔다. 이후 숨을 크게 들이마셨다.

긴 여정이었다. 나는 내가 바라던 마왕이 되었고 마침내 이 의자에 앉았다.

"……."

천천히 눈을 감았다.

곧 나는 깊은 잠에 빠져들었다.

오랜만에 가지는 편안한 잠이었다.

Dungeon Hunter

지구의 생존자들은 빠르게 과거의 영광을 되찾아 갔다. 더 이상 인류를 위협하는 마족은 없었다. 던전과 마수들만 남았을 따름이다.

하지만, 변화는 있었다.

우선 하늘이 변했다. 거대하고 검은 문이 하늘에 위치해 있었다. 비행기나 제트기 따위로는 다가가지 못하는 장소. 누구도 닿지 못하는 제3의 영역이었다.

그러나 확실한 건 저 문이 마족의 세상과 연결되어 있다는 것이다. 하여 누구도 억지로 다가가려는 노력을 하지 않았다.

그리고 던전이 원래의 모습을 되찾았다. 좀 더 거대해졌다는 뜻이다. 그중 몇몇 던전은 하늘까지 닿았다. 정확히는, 하늘에 생겨난 검은 문과 닿아 있었다. 마치 문과 연결된 장소라도 되는 것처럼.

살아남은 마수들은 변형하여 던전에서 빠르게 숫자를 늘려갔다. 마수가 늘어나자 다시금 몬스터 웨이브가 시작됐다. 각성자들은 한마음으로 똘똘 뭉쳐 위기를 잘 견뎌냈다. 던전에서 뛰쳐나오는 마수들은 그다지 강한 부류가 아니었던 탓에 버티기는 수월했다.

시간이 흐르며 각성자들은 크게 두 무리로 나뉘었다.

인류를 지키는 수호자.

그리고 던전을 올라가는 사냥꾼.

바로 던전사냥꾼이었다.

Dungeon Hunter

"누나! 조심해요!"

에드워드가 외쳤다.

즉시 검을 휘두르며 유은혜를 덮치던 마수의 등을 베었다.

그아아아악!

마수의 몸이 두 쪽으로 나뉘었다. 마수가 비명을 내질렀다.

위험이 사라진 걸 인지한 에드워드가 한숨을 내쉬었다.

"휴! 정말, 마지막까지…… 덜렁대지 말라니까요?"

에드워드가 한숨을 내쉬었다.

그러자 유은혜는 장난스럽게 웃어 보였다.

"내 등은 네가 지켜준다며?"

"그것도 정도껏 해야죠. 제가 무슨 만능인가."

"지상 최강의 각성자면 만능 아니야?"

"말을 말죠."

에드워드가 고개를 저었다.

그러는 사이 김유라와 김민지가 치료를 개시했다.

"봉합."

"치유."

다친 각성자들의 상처가 순식간에 나았다.

이능이라 불러도 이상하지 않을 능력!

유은혜는 몇 번이나 봤음에도 혀를 내둘렀다.

"진짜 둘이 없었으면 여기까지 올라오지 못했을 거예요. 고마워요."

"제가 당연히 해야 할 일인 걸요."

김유라가 씽긋 웃었다.

과거, 3년 전만 하더라도 그녀의 표정은 항상 어두웠다. 하지만 던전이 변형을 일으키고 3년이 지난 지금은 과거의 밝은 모습을 상당 부분 되찾을 수 있었다.

"그나저나 이건 대체 몇 층까지 있는 거람? 벌써 54층까지 올라왔는데……."

유은혜가 바닥을 툭툭 차며 입술을 쭉 내밀었다. 유은혜는 던전을 사냥하는 각성자였다. 벌써 여러 개의 던전을 정복했고, 오랜 시행착오 끝에 드디어 가장 높은 한국의 던전을 정복하고자 이 자리에 선 것이다.

하지만 녹록치 않았다.

"누나한테 걸리면 어떤 던전이 무사하겠어요? 마음 편히 가져요. 뭐, 곧 끝나겠죠."

에드워드가 별거 아니라는 듯 대꾸했다. 그러거나 말거나 유은혜는 자기 말만 하였다.

"뭐가 있을까? 그냥 빛 잃은 던전 코어만 있으면 심심할 거 같은데."

"한국 던전이잖아요. 마왕의 던전! 이번이 벌써 여덟 번째 도전이니…… 분명히 하늘의 문과 이어져 있지 않겠어요?"

"문 건너편엔 마족들이 사는 세상이 있다고 했지?"

"예. 그렇다고 들어갈 생각은 말아요. 우리는 위험을 확인하러 가는 거니까요. 언제고 다시 마족들이 돌아올 수 있으니 그 가능성을 '확인'만 하는 게 우리 일이라고요."

말하자면 던전사냥꾼은 정찰대의 역할도 겸하고 있었다.

"확인만 말이지……."

"아, 진짜. 딴생각 하지 말아요. 내가 그때만 생각하면 아직도 열이 뻗쳐서."

그리니치 천문대에서의 일을 말하는 것이었다. 당시를 생각하면 에드워드는 자던 잠도 깨곤 했다.

"뭐, 인마? 누나 덕분에 마족을 많이 죽인 건 생각 안 나지?"

"퍽이나~ 얼마나 위험했는지 알아요? 다시 돌아가서 마왕을 구했다? 그래서 지금 그 마왕이 어디 있는데요?"

"저기 있겠지."

유은혜가 하늘을 가리켰다.

"그래요. 자기가 사는 세상으로 돌아갔잖아요. 그러니까 잊어버려요, 그런 놈."

"다 잊었어."

"거짓말하다 걸리면 손모가지 날아갑니다."

"진짜!"

둘은 티격태격하기 시작했다.

김유라가 피식 웃었다. 김민지의 입가도 살짝 미동했다.

"정말 시간이 지나도 저 둘은 똑같다니까."

김민지가 고개를 끄덕였다.

아무리 나이를 먹어도, 힘이 강해져도 유은혜와 에드워드는 한결같았다.

결코 쓰러지지 않았으며 확고한 믿음 같은 게 있었다. 그리고 그 믿음의 발로가 어디서 시작되는지 김유라도 잘 알고 있었다.

그뿐만이 아니다.

천명회는 세계 최강의 길드로서, 세계 최강의 던전사냥꾼 길드로서 이름을 날리고 있었다.

그들은 마족이 사라진 시대의 마지막 개척자였다. 수호자라 이름 붙었지만, 지상에 남아 있는 이들은 그저 마수와의 대결에 신물이 났을 뿐이었다.

하지만 천명회는 포기하지 않았다. 던전에 들어가 모험을 계속했다. 보물을 발견하면 어려운 이들에게 나눠 줬으며 그 와중에 얻어낸 코어는 모두 에너지 기술의 발전을 위해 사용했다.

덕분에 세상은 작년, 에너지 혁신을 맞이했다.

이제 시간이 조금만 더 흐르면 과거의 영광을 그대로 되찾을 수 있을 것이라고, 모두가 희망적인 관측을 내놓았다.

우려를 표하는 이들도 있었다. 던전의 변화, 하늘에 생긴 문……. 언제고 다시 마족들이 찾아올 수 있다는 불안감이다.

그 불안감의 해소를 위해서라도 천명회는 움직여야 했다. 누구도 가지 않은 길을 가며 인류에 희망을 가져다주는 등불이 되어야만 했다.

지금까진 그 역할을 잘 해내고 있었다.

그리고 앞으로도 잘 해내리라 믿어 의심치 않았다.

'저 둘이 있는 한.'

둘은 최강의 콤비다. 인류 최강의 각성자이고 마왕과 가장 가까운 이들이었다.

김유라와 김민지가 성녀라 불리며 칭송받았지만 솔직히 저 둘에 비하면 부족한 감이 있었다.

그때, 김유라는 한 사람을 떠올렸다.

마왕, 랜달프 브뤼시엘.

그 이름은 아직도 김유라의 머릿속에서 공포로 얼룩져 있었다. 그러나 그가 보인 행동이 결과적으로 인류를 구하는 데 가장 큰 역할을 했다는 걸 안다.

만약 그가 없었다면 인류는 멸망했을 것이다. 지금처럼 두 사람이 농담을 나누는 것도 듣지 못했겠지.

"그만 싸워요! 주변 마수가 죄다 몰려왔잖아요!"

김유라가 소리쳤다.

그러자 유은혜도 지지 않고 맞받아쳤다.

"모이라고 그런 거거든요!"

"누나, 진짜. 에휴!"

에드워드가 고개를 절레절레 내저었다.

한국의 던전 코어가 빛났다. 본래라면 모든 활용을 다하고 다시는 빛이 나지 않아야 정상이다. 특히 귀속된 요정이 사라지면 던전 코어는 영원히 빛을 잃게 되어 있었다.

그런데, 빛을 내었다.

이는 요정이 소멸되지 않았음을 의미했다.

크리슬리가 그 사실을 내게 고했다.

"찾아라. 세상 전부를 뒤져서라도."

나는 명했다.

내 명령에 따라 수백만에 이르는 마족이 움직였다.

수백만의 마족이 세계 곳곳을 뒤지기 시작했다.

이름 없는 작은 연못.

폭이 10m는 될까.

얕지도, 그렇다고 깊지도 않은, 평범하기 짝이 없는 연못이었다.

나는 그 연못 가까이에 서서 가만히 물가를 들여다봤다.

"여기 있었군."

그리고 작게 입을 열었다.

요정의 씨앗이 있었다. 아직 개화하진 않았다. 누군가가 이름을 붙여줘야 태어나는 게 요정이기 때문이다.

신의 눈이 없었다면 그냥 지나쳤을 것이다. 하지만 나는 확신을 가지고 요정의 씨앗이 누구인지 알아차릴 수 있었다.

"너의 이름은 '이히'다. 이히 하며 웃기에 이히이지. 정말 바보같이 웃는 게 중요하다."

조심히 손을 뻗어 씨앗을 건드렸다.

"너는 요정왕이 될 것이다. 나로 인해 할 수 있었음에도 하지 못한 사명을 완수해라. 네가 다스리는 요정의 세계는 꽤 재미가 있을 것이니."

조심스레 손을 뺐다.

이 씨앗은 연못에 있었다. 연못을 빠져나오면, 혹은 연못이 사라지면 개화하지 못한다. 영원히 사라지고 만다.

하지만 요정이 씨앗에서 개화를 하려면 아주 긴 시간이 필요하다. 백 년, 이백 년 수준이 아니다. 못해도 천 년 이상. 어쩌면 그조차 한참을 넘어선 긴 시간이 필요할지 모른다.

그때까지 이 연못이 무사할 수 있을 리가 없었다. 연못은 너무 작았다. 자생력도 별로 좋지 않아 보였다.

나는 고개도 돌리지 않고 내 뒤에 선 이에게 말했다.

"마왕성을 이곳으로 옮겨라. 내 의자는 연못과 가장 가까운 장소에 둬야 할 것이다."

"명을 따릅니다, 나의 마왕님."

바로 크리슬리였다. 그녀는 기쁜 태도로 명령을 수행하고 자 자리를 옮겼다.

나는 마왕이다. 마신을 죽임으로써 내 위치를 증명했다. 내가 꺼내는 모든 말은 현실이 되어 이루어진다. 마왕성을 옮기자 하면 그대로 될 것이다.

하지만 시간은 필요하다. 나는 주변을 둘러보다가 나무를 베어왔다. 나무로 대충 의자 하나를 만들었다. 언뜻 보면 마왕의 좌와 비슷하지만 원재료는 나무일 뿐이다.

잘 손질이 되지 않아서 울퉁불퉁 잔해가 튀어나왔고, 딱 보기에도 별 볼 일 없었지만 나는 연못의 근처에 그 의자를 두고 앉았다.

"하하!"

그리고 크게 웃었다.

"하하하!"

이제야 진정으로 내 꿈을 이룬 듯했다.

The End

KILL THE DRAGON

킬 더 드래곤

백수귀족 현대 판타지 장편 소설

인간 VS 드래곤

지구를 침략한 드래곤!
3년에 걸친 싸움은 인간의 승리로 돌아갔지만
15년 후,
드래곤의 재침공이 시작되었다!

드래곤을 죽일 수 있는 건 오직 사이커뿐!

인류의 존망을 건 최후의 전쟁.
그 서막이 오른다!

우지호 장편소설

빅 라이프

돈도 없고 인기도 없는 무명작가 하재건,
필사적으로 글을 써도
절망뿐인 인생에 빛은 보이지 않는데…….

어느 날,
그가 베푼 작은 선의가
누구도 믿지 못할 기적이 되어 찾아왔다!

'글을 쓰겠다고 처음 결심했던 때를
잊지 말게.'

무명작가의 인생 대반전!
지금 시작됩니다.